Le frère impossible

DU MÊME AUTEUR

Je n'ai pas toujours été un vieux con, Flammarion, 2014.
La Femme comète, Fayard, 2015
Le Dernier Cerveau disponible, Flammarion, 2017.
Après la mer, Flammarion, 2019.

Alexandre FERAGA

Le frère impossible

roman

Flammarion

ISBN : 978-2-0802-8018-3

Jusqu'à quand réclamerons-nous
le secours des dieux ?
Comme si nous n'étions pas encore
capables de subvenir nous-mêmes
à nos besoins !

Sénèque, *Apprendre à vivre*

Annaba, 1975

Le port s'éloigne dans les yeux des sœurs jumelles. C'est un décor à demi réel. Fascinant, effrayant. Elles découvrent qu'on peut faire disparaître un monde par la distance. Elles n'ont jamais pris le bateau au saut du lit. Elles se serrent l'une contre l'autre. Leurs cheveux bouclent dans l'air marin. Le vent les défait. Elles pensent à leur mère qui s'éloigne aussi. Elle ne les aurait jamais laissées sortir coiffées de la sorte. Elles n'ont jamais quitté leur mère. Elles sont tout juste assez grandes pour poser le menton sur le bastingage. Elles ne savent pas combien de temps va durer ce voyage. La brutalité du départ empêche la tristesse de s'exprimer. La réalité ne pèse pas encore son poids véritable. Leur père ne dit rien au-dessus de leurs épaules. Pour lui, l'heure est déjà à l'oubli. Les sœurs ignorent qu'il leur faut à tout prix se souvenir de ce qu'on les force à quitter. Elles sentent la peur grossir dans leur ventre. La décision d'un père ne devrait jamais effrayer ses enfants.

Elles n'ont jamais vu autant de monde agglutiné au même endroit. Des voix d'hommes, rauques et grasseyantes, tombent sur elles. Certains frôlent l'hystérie, d'autres se frappent le cœur et prennent à témoin de leur bonne fortune la première personne qui passe. Cette disparition de la ville dans la mer n'a pas l'air de les inquiéter, alors pourquoi s'en soucieraient-elles ? Les sœurs se tiennent la main, au cas où. Leur père est là, imperturbable, faussement digne.

Il y a encore quelques jours, Khadija, son épouse, la mère des jumelles, brossait leurs longs cheveux noirs après les avoir enduits d'un masque de sa fabrication : de l'huile d'argan mélangée avec une banane écrasée et un jaune d'œuf, un remède hérité d'une longue lignée de mères. C'était un luxe que son mari ne pardonnait pas, car les œufs et plus encore les fruits importés coûtaient une fortune. Sa voix emportait tout sur son passage. Il saisissait le moindre prétexte pour éloigner un peu plus Khadija, pour se défaire de cette union que ni l'un ni l'autre n'avait choisie. Malgré la colère froide née d'une succession d'humiliations, Khadija ne protestait pas, elle faisait le dos rond pour épargner un spectacle désolant à ses enfants. Cependant, la nuit venue, Khadija savait se métamorphoser en goule et réduire l'univers de son mari à néant en fermant ses cuisses.

Quand les cheveux de ses filles étaient gras, Khadija mélangeait quelques gouttes d'huile d'olive à du *rhassoul*, de l'argile, et l'appliquait sur les racines.

Pendant ces minutes de soin que l'impatience enfantine rendait interminables, elle leur chantait des rondes et des comptines.

Tout en regardant les paillettes de soleil iriser la surface de l'eau, la cadette d'une minute roule une mèche sous son nez pour se rassurer, pile sur l'empreinte du doigt de l'ange. La friction des cheveux sous la pulpe du pouce produit un son qui la rassure, une sorte de stridulation mate. Elle essaie de retrouver l'odeur de sa mère que les embruns commencent à masquer. Malgré la beauté de la mer et la complexité de ses nuances, son esprit s'accroche au manque. Elle pressent que quelque chose ne tourne pas rond. Les deux sœurs ne cessent de se parler. Elles n'ont jamais perdu de vue leur maman.

— Où est maman ? demande la cadette d'une minute.

— Votre maman va bien, répond le père.

Avec ce père, les questions et les réponses ne s'emboîtent jamais.

L'aînée d'une minute fredonne *Ya chta sabi sabi Wlidatèk fi qoubbi Babahom eddèh errih Yemmahome tedjri wattih*. Le dernier air entendu de la bouche de sa mère. Tombe la pluie, dit le refrain. Ce matin le ciel ne compte aucun nuage, mais les larmes viendront bien vite rétablir la prémonition de la chanson. Les jumelles n'ont pas compris les hurlements de leur mère que tentait d'étouffer la précipitation de leur père, puis le silence surnaturel qui avait accompagné leur départ. Elles s'étonnent encore de l'enchaînement des événements. L'arrivée, la veille, d'une délégation de cousins descendus de leur montagne, dans leurs vêtements empesés d'un mélange d'odeurs de bêtes et de sueur rance. Une soirée faite de murmures et de chuchotis, de regards sous-jacents et de signes impossibles à interpréter pour des enfants. Un dernier repas sans saveurs préparé par les gestes nerveux de Khadija. Puis les premières heures de la nuit, étrangement calmes, comme un intermède avant la fuite. Il n'y avait que les pleurs du petit dernier, accroché au sein de Khadija, pour rompre ce silence hypocrite et cruel.

L'oncle avait dirigé les opérations. Il avait, de sa poche, graissé la patte de l'agent pour qu'il suspende sa ronde le temps d'un quart d'heure, et qu'il laisse les cris monter au ciel. Ses propres enfants avaient aidé à boucler en quelques minutes les valises achetées pour l'occasion. Ils étaient d'une efficacité surprenante pour des gens qui n'avaient jamais voyagé. À croire qu'ils s'étaient entraînés pendant des mois. La tante avait étreint Khadija de ses bras lourds de paysanne, en la pressant au niveau du plexus pour briser sa colonne d'air et toute tentative de rébellion. Pendant ce temps, la nièce avait tiré de son lit le bébé endormi et l'avait emmailloté avec maladresse. On avait exfiltré les trois autres enfants par l'arrière de la maison. Samir, pas encore 2 ans, riait aux éclats, prenant les règles du jeu qu'on lui proposait très au sérieux. Pour être certain de le tenir, on lui avait promis une récompense. On avait appelé deux taxis, faisant fi du surcoût, pour éviter de s'entasser à l'arrière et attirer l'attention d'un opportuniste qui ne manquerait pas de vendre des informations trop facilement glanées. Et le père dans tout cela ? Il s'était contenté de suivre les instructions de son frère. Il se réservait la touche finale : donner au chauffeur, avec le plus grand détachement, le lieu de leur destination. Comme si faire disparaître ses quatre enfants sous ses yeux n'était pas le tour le plus violent qu'on puisse jouer à une mère. Comme si le drame familial en cours ne le concernait pas vraiment.

*

Les jumelles, du haut de leurs 3 ans, digèrent tous ces événements. Elles regardent, médusées, l'écume montée en neige par les hélices. Depuis leur départ, tout n'est que spectacle et tourbillons. Une interrogation n'a pas fini de naître qu'une nouvelle la chasse aussitôt. Elles oublieront la plupart d'entre elles avec le temps et combattront les plus persistantes avec tout l'amour qu'elles seront forcées de consacrer à la seule attention de leur père.

Les moteurs qui vrombissent ne couvrent pas les cris du dernier, âgé de quelques semaines, que les bercements malhabiles de la cousine n'arrivent pas à calmer. Il ne reconnaît pas ce corps qui le porte. Il perçoit, dans la position des bras, un malaise, une contrainte qui l'empêche de se reposer. Il ne ressent ni amour ni tendresse, mais une sorte de calcul dans les gestes. Cette peau qui l'enserre est glacée. La bouche qui lui parle ne pense pas ce qu'elle dit, l'haleine exhalée sur son cou est fade. Il crie pour que sa mère lui revienne. Elle n'a jamais mis autant de temps pour répondre à ses pleurs. Il vit depuis peu, mais connaît mieux que quiconque les dangers de l'absence. Les seins de sa cousine ne sont pas prêts à donner du lait. Depuis que le bateau a largué les amarres, cette dernière n'est plus très concentrée sur sa tâche, prise dans les errements de l'euphorie, elle n'en revient toujours pas du virage qu'est en train de prendre sa vie. Elle jubile de la liberté qui lui est offerte : six mois tous frais payés au pays de la Citroën CX, du planning familial, du rasoir jetable BIC, des Champs-Élysées et de l'été indien. Six mois loin des gamelles, des corvées et des kilomètres arpentés chaque jour dans la poussière pour recevoir d'inaudibles enseignements. Ce qu'elle ne sait pas encore, c'est qu'elle vivra ce *séjour de rêve* entre quatre murs, sous l'œil omniscient de ses commanditaires.

Des quatre enfants escamotés, il n'y a guère que Samir qui continue de croire à l'enchantement de ce départ. Depuis qu'ils ont embarqué, sa petite main n'a pas lâché le revers du pantalon paternel. De l'autre main, il fait voltiger l'avion de chasse que son père lui a fabriqué avec le carton de son paquet de cigarettes. Il a plaqué des bandes du papier aluminium sur les ailes, cela lui donne un air de navette spatiale. Cette récompense sera la seule promesse tenue.

C'est tout ce que l'on sait des conditions de ce départ. Quant aux raisons, elles resteront de longues années entourées de mystères pour ne pas entamer l'aura du père. Les enfants ont été arrachés suffisamment jeunes pour qu'aucune contestation ne les anime dans les prochaines années. Une paix momentanée que le père paiera au prix fort au moment des comptes.

À plus de trois mille kilomètres d'Annaba, à Méru dans l'Oise, Zina, la mère du mari, se frotte les mains. En plus d'avoir organisé et couvert la dérobade de son fils et de ses petits-enfants, elle s'est bien occupée de l'honneur de sa belle-fille. Khadija a été traînée dans la boue. De femme miraculeuse enfantant tous les douze ou seize mois, elle est passée au statut d'épouse infernale au corps hanté. Hanté par quoi ? Zina ne le savait pas encore, mais elle finirait bien par trouver. Là n'était pas la question. Un seul coup de téléphone longue distance a suffi à lancer l'implacable machine à broyer la réputation. Et puis, une idée en entraînant une autre, le portrait de Khadija a pris des allures de conte macabre. Les colporteurs, disciples improvisés de Zina, avaient plaisir à enjoliver la rumeur. Ainsi, des centaines de familles ont partagé cette histoire qu'elles rendaient crédible par simple répétition. Voici ce que l'on pouvait entendre : les nuits de pleine lune, Khadija avait des accès de méchanceté, ses pupilles changeaient de couleur et sa voix de ton, la transformant en ogresse. Son ventre flasque prenait la consistance d'une plaque d'acier et ses bras, des grumes de bois de charpente, lui donnaient la force herculéenne de résister aux assauts de son mari. Cette malédiction venait du fait que, dans sa jeunesse, Khadija avait manqué d'intention dans ses prières, laissant ainsi une brèche pour la langue venimeuse des démons. Une nuit, elle fut tirée du sommeil par une voix onctueuse. Elle se pencha à la fenêtre pour en voir l'origine. Il y avait là une créature d'apparence humaine baignée par le halo de la lune. Un seul regard lui suffit pour hypnotiser Khadija, qui la suivit à moitié nue dans la nuit. Zina précisa que le *jnûn* ne s'était pas arrêté par hasard sous les fenêtres de cette maison ; il y avait été guidé par l'impureté de son hôte. Khadija, aveuglée par ses désirs, ne remarqua pas les pieds de chèvre que le séducteur n'avait même pas pris la peine de cacher. Le *jnûn* l'avait attirée sous un figuier et lui avait chanté des chansons d'amour composées spécialement pour franchir l'obstacle de son hymen. Afin de préserver l'honneur de Khadija, Zina n'a pas dévoilé l'épilogue de cette rencontre, elle s'est contentée de concocter une métaphore dont l'ingrédient principal était le suc blanc de la figue. Cette potion imaginaire a été aisément prescrite aux colporteurs et commode à avaler pour leur auditoire. En guise de conclusion, Zina maudissait les parents de son ex-belle-fille de lui avoir caché le fléau qui touchait leur famille. Que Dieu lui pardonne, car jamais au grand jamais elle n'aurait laissé entrer une âme souillée dans son clan.

Puis elle a achevé son histoire par des formules qui, confiera-t-elle plus tard, lui étaient tombées du ciel :

Ce que mon fils a vu
Notre Seigneur et envoyé de Dieu
Ne l'aurait pas permis
Ce que mon fils a vu
Le rend plus grand
car il ne l'a pas permis
au nom de Dieu
il ne l'a pas permis
Je n'ai fait que conter
ce qu'il a vu
Je ne fais que reprendre mon fils
Et dans les temps lointains
Dieu se souviendra
Que j'ai prié
Et que mon fils est revenu

Après s'être assurée que le messager avait bien tout en tête, Zina a raccroché le téléphone et est retournée s'asseoir au milieu de ses coussins. Son talent de conteuse s'est révélé au fil du temps, lorsqu'elle-même est devenue bien incapable de démêler ce qui relevait de la vérité ou de son imagination.

Le plus terrible pour Khadija n'était pas que sa vertu soit taillée en pièces ni que sa généalogie soit déshonorée, mais que la calomnie rocambolesque ait atteint les oreilles de ses enfants.

En attendant son fils, Zina souriait tout en égrenant les perles de bois de son *sabha*. Quelques jours, quelques heures à peine la séparaient de lui. Son exil serait plus doux et le temps passé loin de sa terre natale moins lourd à supporter. Cette maison froide et humide dans laquelle elle se morfondait allait enfin s'animer. Elle entendait déjà les cris de ses petits-enfants à qui elle ne manquerait pas de faire oublier leur mère. Si je pouvais, mon Dieu, je donnerais mon lait au petit dernier, pensait-elle. Il y avait pourtant une autre priorité : choisir une nouvelle épouse à son fils. Il lui faudrait passer d'autres appels là-bas pour trouver une femme digne de lui, et la faire venir. Mais pas tout de suite. Qu'on lui laisse le temps de profiter de son fils. Après tout, c'est lui qui avait appelé à l'aide.

Le service national a été instauré le 16 avril 1968 en Algérie. Son fils était alors âgé de 18 ans. Il avait demandé un sursis pour poursuivre ses études. Lesdites études s'étaient éternisées au-delà du tolérable et la nation était venue réclamer qu'il travaille pour elle durant deux ans. Le fils s'y était soustrait. Mais la nation n'oubliait pas ses enfants. En 1975, selon le code de justice militaire, une peine de quatre ans d'emprisonnement fut prononcée à son encontre. Encore heureux que le pays n'était pas en temps de guerre, la peine aurait été doublée.

ANNABA, 1975

Les raisons du départ s'affinent.

Le fils n'a pas envie de croupir dans une geôle au cœur du Sahara. Il appelle sa mère qui lui conseille de le rejoindre immédiatement en France. Mais il faut faire vite, Giscard ferme tranquillement les frontières aux émigrés du travail. Le chômage ne cesse d'augmenter, le choc pétrolier et la guerre du Kippour sont passés par là. De l'autre côté, son homologue Boumédiène dénonce les actes racistes contre les Algériens, les incendies criminels contre les foyers Sonacotra, et exhorte ses concitoyens à rester au pays pour construire une nouvelle identité algérienne. Les relations entre les deux États se refroidissent à grande vitesse, mais certains accords fonctionnent encore. Ainsi, le fils, adulte émancipé de 25 ans, marié et père de quatre enfants, est tout heureux de se rappeler qu'il est avant tout un fils et peut, par conséquent, rejoindre ses parents dans le cadre du regroupement familial. Dépêche-toi mon fils, lui ordonne sa mère. Oui, yemma, je fais ma valise dès que j'ai raccroché. Non, mon fils, pas TA valise. VOS valises, tu ne vas quand même pas laisser le sang de ton sang à cette *ghula* ! Mais yemma, comment je vais faire avec quatre enfants ? D'abord, c'est moi qui vais faire. Je vais envoyer ton frère pour régler les détails. Après, on verra pour choisir une femme digne de toi et de mes petits-enfants. Ta nièce t'accompagnera pour le voyage. Ce n'est pas encore une femme, mais elle saura s'occuper du bébé le temps d'arriver jusqu'à moi. Je lui apprendrai le reste. Mais, yemma, Khadija n'est pas si... N'est pas si quoi ? Tu vas attendre qu'elle te trahisse pour la punir peut-être ? Non, yemma. Bien. Tu es intelligent mon fils. Tu vas trouver un travail, une maison, une femme. Et puis... tu vas te rapprocher de ta yemma.

Mon fils est trop souple, et sa femme abuse de sa clémence, disait Zina. Il fallait au moins une histoire de démon et de stupre pour que l'ensemble se tienne.

Tant que ses forces le lui permettraient, Zina continuerait de couver son fils, de couvrir ses arrières. Il pouvait déserter son pays, mais pas son cœur. Cette condamnation était une aubaine pour elle. Elle avait passé trop de temps loin de lui en étant obligée de suivre son mari en France. Son giron serait sa terre d'asile. Il fallait qu'il mette le plus de distance entre lui et la mère de ses enfants. Ni Giscard ni Boumédiène ne pourraient s'y opposer. Et que Dieu lui pardonne le recours au mensonge. Que Dieu lui pardonne d'avoir attenté à la vie de Khadija. Une femme abandonnée par son mari était bonne à jeter à la poubelle. Que Dieu lui pardonne d'avoir placé son fils au-dessus de son messager. Elle consacrera le restant de sa vie au repenti. Et si cela ne suffisait pas, qu'elle soit la seule à être jugée et châtiée en conséquence.

Ce que Zina ignorait, c'est que le plus grave dans un mensonge n'était pas sa naissance, mais les forces mises en œuvre pour sa survie.

Annaba, 1975

Revenons sur le pont du bateau. Les préposés à l'exil ont achevé la mise en scène de leurs adieux. Annaba n'est plus qu'un îlot dans les yeux des deux sœurs. Les chemins qu'elles emprunteront n'auront pas d'autres destinations que ce point qui disparaît sur l'horizon. La cousine a réussi à calmer le petit dernier, motivée par le regard accusateur de mères indignées. Elle a calé son petit doigt entre les lèvres du bébé qui le suçote, faute de mieux. Ses lèvres sont autrement scellées, pour toujours, car il n'aura jamais les moyens de prononcer le mot maman. Le père tente de se persuader qu'il a fait le bon choix. Pour l'instant, il arrive à faire taire les cris de sa femme à qui il vient de voler quatre vies. Plus tard, il n'y aura guère que l'alcool pour briser cette voix qui le hante. Samir est toujours pendu à son pantalon. L'avion de chasse voltige avec moins d'entrain. Il bredouille quelques mots. Il veut être consolé. Il ne sait pas exactement de quoi. Mais le père est fidèle à son mutisme. Ce qui n'est pas dit n'est pas si important. C'est pourtant un trou béant qu'il commence à creuser ce jour-là.

Ce silence est comme une épitaphe gravée sur son front.

Sarcelles, 1977

Il a trouvé un toit et un travail. Un bel appartement à « Sarcellopolis », premier grand ensemble de logements créé en France. Nous sommes loin de la honte des bidonvilles de Nanterre. Et pas encore enferrés dans les logiques du communautarisme. En 1977, dans les cafés se côtoient les musulmans, les chrétiens, les juifs, les blancs, les noirs, les tout ce que vous voulez. Il n'est pas rare que ce petit monde se retrouve à danser dans une fête antillaise. Sarcelles pourtant, est devenu un lieu sans identité et sans histoire, idéal pour celui qui veut fuir la sienne. L'homme y est chez lui.

Il ne se mêle pas trop aux Arabes et préfère fréquenter des Harkis, ou bien des Français qui n'ont rien contre les Arabes tant qu'ils se comportent comme des Français, ou encore des partisans de l'Algérie française. Des anciens de l'OAS, pourquoi pas ? Il n'est pas venu ici pour être un porteur de tristesse. Il n'est pas venu pour être l'indigène de service. Il veut choisir ses frères et ne pas trop penser à ceux qui sont restés. Il a l'habitude des deuils et des hémorragies identitaires et veut en finir avec tout cela. Il veut se donner à la France, il a des perspectives : une Renault 14, une Simca, et pourquoi pas la Citroën DS de Rabbi Jacob ? Une fiche de paie. Le suffrage universel. Le journal Paris-Turf. Les Grosses Têtes. L'Ascension, Pâques, la Pentecôte, les jours fériés ! Il remarque qu'ici, quelle que soit son obédience, il y a consensus autour de l'Assomption de la Très Sainte Vierge. Il s'amuse de ce que les athées acceptent de chômer ces jours-là sans rien dire. Mais ce n'est pas de l'hypocrisie, c'est l'expression concrète de la fraternité. Bon, le fils ne va pas non plus jusqu'à s'infliger le carême, ça lui rappellerait trop de mauvais souvenirs. En quelques mois, il va entamer un véritable travail de fossoyeur : l'arabe littéraire, les cavalcades dans les ruelles épicées, les aubes blanches face à la Méditerranée, l'héritage des ancêtres, les années de sa jeunesse anéanties par la guerre, tout est enterré.

Ses enfants ne seront jamais d'ici ou de là-bas. Ils grandissent contre leur sang. Car après deux ans d'exil forcé, ils peuvent en oublier des choses : les sonorités de leur langue maternelle, les saveurs du pays et les contours de leur mère. Zina continue d'ajuster le mythe de Khadija, qui est déjà plus que moribonde depuis qu'on lui a volé ses enfants. Zina veille au grain, fourre son nez dans l'éducation de ses petits-enfants. Elle maintient pour eux un lien spécial avec l'Algérie, quitte à redéfinir les frontières de la vérité. Elle devient le pays et la langue. Dieu nous préserve du martyr de l'exil, fait-elle répéter aux aînés. Elle les met en garde contre les mœurs d'ici, les incite à se réfugier dans le confort de ses conseils, à demeurer étranger. Elle se plaint sans cesse auprès de son fils du fait que ses enfants apprennent une autre langue que la sienne. Ce n'est pas nécessaire dit-elle, puisque nous allons repartir. Plus ils parlent français, plus ils s'éloignent de moi. Est-ce que je n'ai pas été une bonne mère pour que tu me refuses le droit d'être une meilleure grand-mère ?

Le fils acquiesce tout en laissant l'école publique faire son travail.

Mais c'est lorsque les jumelles réclament quelques mots sur Khadija que Zina *souffre* le plus. Elle se lamente avec tant d'ardeur qu'on croirait un chœur de six ou huit femmes. Elle prend son fils à témoin, se plaint du cœur, comme si la mort lui avait rendu visite.

Elle a élevé ses petits-enfants mieux que cette harpie. Donc il ne faut plus parler d'elle. Zina a jeté un voile sur cette femme dont l'évocation est considérée comme une transgression de son autorité. Elle affirme : parler de Khadija est un péché. Zina se prend pour un soleil et oblige tout le monde à la contempler jusqu'à l'aveuglement. En dehors de son foyer, elle n'existe pas. Elle est incarcérée dans son statut de femme d'immigré, insignifiante et improductive. Elle refuse cette place d'assignée, elle qui a enfanté à plusieurs reprises. Il lui reste encore des rôles à jouer.

Malgré les tentatives d'effacement, les jumelles ne peuvent pas oublier. Elles chuchotent le prénom de leur mère à l'abri des oreilles de Zina. Elles sont encore petites mais ne se laissent pas duper par les yeux révulsés et les vagissements de la grand-mère. Il n'est pas rare que sur le chemin de l'école elles fredonnent *Ya chta sabi sabi*. Elles tentent de toutes leurs forces de ne pas se laisser distancer par le souvenir de Khadija. Elles le gardent au creux de leur ventre, comme une nostalgie grelottante qu'elles viennent frictionner de temps en temps. Les jumelles ne se résigneront jamais à croire que leur mère les a laissées partir sans rien faire.

Malheureusement, Samir ne possède pas leur force. Pour lui, le mensonge est insoutenable. Sa vie a basculé alors qu'il n'avait pas 3 ans. Tout a changé sauf l'essentiel : sa mère reste une énigme brutale. À 5 ans, il n'est déjà plus un enfant. Il est fatigué d'être triste. Ce chagrin consume son innocence. Il n'arrive pas à rester sagement assis pour jouer. Il n'arrive pas à s'endormir. De sombres pensées naissent dans son esprit. Il mange du bout des lèvres et considère les autres enfants comme une horde prête à lui arracher le peu qui lui reste. Il commence même à se méfier des jumelles et du petit dernier.

*

Maintenant que le fils a une situation, il peut honorer la suite du contrat : prendre une épouse. Ça tombe bien, Zina a une amie qui accepte de donner sa fille. Elle est intelligente, c'est-à-dire qu'elle sait se taire. Elle se lève avant le soleil et n'est pas avare en courbatures. Tout comme Zina, cette femme est prête à rester étrangère toute sa vie au reste du monde et à n'être la propriété que d'un seul homme. Que Dieu nous préserve des pièges de l'exil, disait Zina.

C'était mal connaître le fils qui a saboté l'union avant même de poser les yeux sur la prétendante sacrifiée. Quitte à soumettre une femme, autant qu'elle soit née au pays des Droits de l'Homme, pour pimenter l'affaire. C'était mal connaître Zina, qui s'est ruinée en factures téléphoniques, ou plutôt qui a anéanti le fruit des heures supplémentaires de son mari, afin de répertorier toutes les promises de son lointain quartier et constituer un cheptel. Zina était prête à organiser la transhumance de ce troupeau d'épouses de l'Algérie vers la France, tant que son fils n'aurait pas trouvé chaussure à son pied.

L'exubérance a cédé à la naïveté, et Zina a cru son fils lorsqu'il lui a promis qu'il réfléchirait à la question.

Au même moment, le fils reçoit une proposition qu'il ne peut refuser : associé d'un pressing. L'ascension est fulgurante. Tant et si bien que dorénavant, tout le monde devra l'appeler Maurice. Rapidement, sa bonhomie lui attire toutes sortes de sympathies. Il devient la coqueluche des autres commerçants. On n'hésite pas à lui demander conseil sur les courses du dimanche à l'hippodrome d'Enghien, sur un point de détail juridique, sur la qualité d'un revers de pantalon. Puisqu'il a l'air de suivre l'actualité de son pays d'accueil, on lui demande son avis sur l'élection de Jacques Chirac à la mairie de Paris et sur le deuxième gouvernement de Raymond Barre. Il est convaincant, mais dans le microcosme des bars-tabacs, le constat reste le même : il vaut mieux que ces gens-là ne votent pas ici. On prend pour principal argument que le dernier guillotiné d'Europe et le dernier condamné à mort en France est un Tunisien. On conclut que le chemin est encore long, mais cela ne doit pas l'empêcher de divulguer sa recette du couscous.

Une jeune vendeuse en boulangerie succombe à son indéniable charme. Il la trouve quelconque, la remarque uniquement parce qu'elle s'intéresse à lui. Il l'ignore tout d'abord avec courtoisie, pour s'assurer qu'elle est vraiment accrochée. Puis il s'attarde un peu plus longtemps à chacune de ses visites, la baratine humblement. Juste avant que le fruit de la séduction ne soit blet, il consent avec une dignité feinte, à distiller quelques éléments clés de sa situation familiale. Quatre enfants, ça donne à réfléchir. Mais la jeune vendeuse en boulangerie, âgée de 24 ans, en a déjà vu d'autres. À 14 ans, elle élevait seule ses quatre frères et sœurs tout en subissant l'hydre alcoolique qu'était son père. À 18 ans, elle fuyait avec le premier homme un peu tendre, tombait enceinte et précipitait un mariage pour leurrer parents et curé. L'homme s'est mis à boire et elle, à pleurer. Après le divorce, elle a rencontré d'autres hommes. Et avant même d'envisager un sourire, elle posait la même question : Tu ne bois pas au moins ?

L'homme qui vient lui acheter du pain et qui a l'air différent de tous les autres n'échappe pas à ce rituel.

Pas une goutte, répond-il avec aplomb.

Pas encore. Pour l'instant, le mensonge est sans conséquence. On se courtise. On fait des projets. On déménage de Sarcelles à Eaubonne. On rapatrie les plus jeunes de chez Zina. On tombe enceinte.

Le père n'incite pas ses enfants à l'appeler maman. Il faut leur laisser du temps, ose-t-il.

Les jumelles tentent bien d'en savoir un peu plus sur Khadija. Elles questionnent le père, les tantes et les oncles de passage. Elles persistent même à entendre les fables de Zina. En grandissant, elles découvrent des incohérences, on ne peut plus les enfumer aussi aisément. On dit qu'elle a fait le malheur mais sans décrire la nature des actes. On dit qu'elle a trahi la famille, sans préciser avec qui ni pourquoi. On dit qu'elle vit encore quelque part en Algérie, sans jamais dire où. Les explications sont une suite d'antiennes immuables qui s'effilochent face à l'intelligence des enfants. Le nom de Khadija, que l'on ne prononce jamais, résonne encore comme une promesse non tenue. Surtout pour Samir et le petit dernier. S'ils ne viennent pas de ce ventre-là, alors d'où viennent-ils ? Et c'est là que réapparaît la *ghula*. Le père ne donne pas plus d'explications, se contente d'entretenir l'histoire de la répudiée avec des phrases courtes et affadies par le temps. Il laisse les autres vanter son courage, lui, le père héros qui a tout quitté avec ses enfants.

Son silence récuse la fureur du questionnement, son silence scelle les bouches.

Soisy-sous-Montmorency, 1979

L'homme qui a arraché quatre enfants à leur mère est mon père. Je suis né de sa fuite quatre ans plus tard, en France. Comme si faire quatre orphelins ne suffisait pas. Cet homme a récidivé sur un autre continent, dans un décor différent. À l'heure de ma naissance, il ne se montre pas plus concerné par ma venue que par l'éducation des quatre enfants dérobés. En ce matin d'avril, je suis une péripétie de plus.

La femme française que l'homme oppose aux ordres de Zina est ma mère. Elle est folle amoureuse de lui. De ses boucles brunes, de son visage rond, de sa bonhomie affichée en public, de ses longs cils, de sa manière de fumer ses cigarettes. Ses longues heures taciturnes l'intriguent plus qu'elles ne l'effraient. C'est un homme qui a embrassé la France, ses mœurs et ses vignobles. Elle ne se méfie pas de ses silences qu'elle prend pour de la sagesse. Pas plus des conséquences de l'exil, qu'elle tente d'apaiser comme elle peut. Elle goûte au repos d'un concubinage sans violence, avec un homme qui, s'il est souvent retranché en lui-même, n'en demeure pas moins baigné d'une certaine forme de sérénité. De son côté l'homme se laisse séduire, s'abandonne à la tendresse exprimée, accueille la passion de la femme à son égard, accepte avec prudence de voir où cet amour peut le mener.

Quelques mois plus tard, il se retrouve au pied d'un lit, le nez sur ses chaussettes, à devoir quitter la maison précipitamment. C'est la première fois qu'il est pris dans les préparatifs d'un accouchement. Il n'a jamais vu un seul de ses enfants naître. Les affaires de femme sont toujours restées entre les femmes. Mais ici, en France, il n'a pour l'instant d'autre choix que d'y être mêlé. Sous l'insistance de la femme, il a accepté de venir à la maternité. Il enfile le costume qui patiente sur un cintre depuis une semaine. Il ne sait pas comment tout cela va tourner, mais il veut être présentable. Les premières heures du matin le happent. L'homme se lève, fonce dans la salle de bains, la lumière gicle dans la nuit interrompue, poinçonne ses orbites. Il ne se reconnaît pas dans le reflet du miroir. Il reprend sa respiration, cesse de réfléchir aux lendemains de cet enfant. C'est avec le visage creusé et le front transpirant qu'il accompagne ma mère à la maternité. Dans la rue, sa démarche est moins assurée qu'à l'accoutumée. Il porte la valise que ma mère a préparée pour son séjour à l'hôpital. Il ne sait rien de ce qu'elle contient. Il croit faire sa part en portant ce poids. Il ne dit rien. Il tolère l'instant plus qu'il ne le vit. Il aurait volontiers confié ses pouvoirs et transmis cette charge à un autre, peut-être même délégué son autorité au premier venu. Le silence est figé dans l'air. Il jette des coups d'œil alentour, cherche un lieu de retraite, repère un bar-tabac. On le penserait parachuté, invité de dernière minute, doublure jouant le rôle d'un autre. À ses côtés, ma mère déborde de lui. Je pousse dans son ventre, et la douleur zèbre sa vision de petits éclairs, déforme la réalité. Ce matin, ses joues rosies colorent son monde. Les hommes auxquels elle a été confrontée jusqu'à présent l'ont brimée, ignorée ou humiliée. Cet homme venu d'Algérie avec quatre enfants lui semble inoffensif. Elle ne sait toujours rien de son passé. Elle s'accommode de sa gêne dans l'expression des sentiments, d'une appréhension pour certains mots qui engagent. Quand il se lève en pleine nuit pour fumer pendant des heures, elle reste au lit à l'attendre. Cette lourdeur sans nom qu'elle perçoit chez lui résonne en elle. Elle veut la terrasser et en même temps en être la nourrice. Ils sont deux douleurs qui s'apprivoisent.

Le ciel est dégagé. L'homme n'est pas encore dragueur, menteur et absent ; il ne boit pas encore des litres de whisky. Il jouit d'une image de père courageux qui a sauvé ses enfants pour leur offrir un avenir. La femme est confiante car elle croit porter leur triomphe dans son ventre. Ce matin, la lumière du printemps lui rend tout limpide. Rien ne saurait assombrir cette journée. Même si c'est elle qui se cramponne à son bras plus qu'il ne la soutient. C'est elle qui le soutient.

En ce jour d'avril 1979, après deux ans de vie commune, elle refuse toujours de voir que cet homme est une ombre qui accomplit des gestes et des mouvements presque malgré lui. Elle l'aime. Elle est trop humble pour voir que c'est son amour qui le grandit. Elle arrive parfois à le ramener aux préoccupations du foyer, à recomposer des tranches de vie dignes d'une famille à peu près unie, à bâtir une langue certes aride, mais néanmoins commune. Et lui, de son côté, met tout en œuvre pour ne jamais s'investir tout à fait, se tient à distance des êtres et des choses, comme s'il ne voulait pas tomber de haut.

Dans le hall de la maternité, le tumulte environnant ne l'inspire pas. Les pas précipités des parents et futurs parents frappent le sol, l'assourdissent. Les voix qui se brisent d'émotion ne réveillent rien en lui. Ou alors résonnent-elles dans un vide qui le dépasse ? C'est un homme qui a reçu le mythe du père en héritage, qui le perpétue, mais qui n'y croit pas. Il voit d'autres hommes qui arrivent essoufflés à la maternité, interpellent le personnel pour avoir un numéro de chambre, se justifient d'être le père avec assurance et fierté, tentent de se fondre, comme ils peuvent, dans la scène qui les concerne. Il rencontre pour la première fois des pères qui dévorent chaque minute précédant l'événement de la naissance. Tout cela le rend nerveux et le renvoie à son propre empêchement. Peut-être n'a-t-il pas encore trouvé le courage de s'avouer qu'il aimerait lui aussi, pour la première fois, sentir cet enfant monter en lui.

À l'accueil, c'est ma mère qui remplit les papiers. Son écriture est ponctuée par les contractions. Lui entre dans la salle de préparation, ne s'assoit pas, garde sa veste alors que la sueur l'inonde. Il ouvre la fenêtre comme si l'air de la chambre était vicié. Les bruits de la ville sont étouffés, supplantés par les cris des nouveau-nés, le souffle commun des mères. Le temps paraît ralentir. L'homme se sent englouti. Il desserre le nœud de sa cravate. Il porte un costume élégant, un œillet à la boutonnière, il se compose un visage et pourtant, il n'y a que ma mère pour ne pas voir qu'il ne cesse de s'échapper. Le simulacre crève l'instant. L'homme maquille son regard quand ma mère lui demande de s'approcher du lit.

Soudain, le père prétexte des affaires plus urgentes pour échapper aux battements du cœur qu'émet le monitoring, aux pertes et au sang. Ma mère le laisse partir sans dire un mot. Il n'y a pourtant que l'annonce d'une mort qui pourrait justifier de bouleverser l'ordre de cette journée. Il embrasse furtivement ma mère et dit qu'il sera bientôt de retour. Ma mère accepte ce départ comme elle a toujours accepté les faillites des hommes. Elle ne veut pas le perdre. Pas lui. Elle serre le drap, se concentre sur son corps. Elle peut enfanter seule, elle l'a déjà fait. Elle attend qu'il soit parti pour poser ses questions. Sa voix ricoche sur les murs de la chambre. Elle n'attend pas de réponse.

Ma mère accouche sans lui. C'est sa sœur, appelée de dernière minute, qui lui tient la main lors des poussées. C'est son frère cadet qui lui apporte les pâtisseries qu'elle préfère. C'est une amie qui ose lui faire remarquer l'absence du père. Oh, les hommes tu sais bien, répond ma mère. L'amie ne sait pas ; elle n'a pas son expérience avec des hommes vaporeux. Pas plus que les sages-femmes, qui deux jours après l'accouchement demandent s'il y a un homme dans cette histoire. Qui en viennent à le confondre avec le coursier envoyé par mon père pour livrer un bouquet de tulipes. En son nom, mais sans nom. Ma naissance a été une concession faite à la femme.

Annaba, 1980

Mois de juillet, j'ai à peine plus d'un an. L'attention qu'on me porte au quotidien rappelle aux autres à quel point ils sont incomplets. Les jumelles, Samir et le petit dernier ont encore ma naissance en travers de la gorge. Ce manque que l'on est obligé de diviser en cinq, comment va-t-on pouvoir le partager en six ? Les jumelles préfèrent me prendre pour une poupée de chiffon, à qui on insuffle de la vie en lui articulant les membres ou en faisant pivoter sa tête. Elles me coiffent et me décoiffent, me donnent le biberon, le bain et changent mes couches. Elles m'emmaillotent et me bercent pour ne pas oublier comme c'est vital d'être porté. Elles suppléent ma mère, proposent leurs bras. Elles font des efforts pour me laisser être à leurs côtés. Elles jouent avec moi, me câlinent quand le fantôme de Khadija surgit. Elles tentent comme elles peuvent de ranimer la mère et la chaleur perdue.

Le petit dernier n'a pas encore d'avis sur la question, il est en proie à des cauchemars et à l'énurésie. Aucun lit ne remplacera celui de son enfance, aucune comptine ne peut apaiser ses angoisses. Il ne lui reste plus qu'à enfouir son visage dans l'oreiller. Le fils que ma mère a eu d'un premier mariage ne me considère pas vraiment comme un concurrent. Il y a longtemps qu'il se sent débordé par les quatre enfants débarqués d'Algérie. Il n'a que 7 ans et sa colère grandit contre notre mère. Il la voit lentement disparaître dans le brouillard de cet homme qui selon lui n'arrive pas à la cheville de son père. Il ne comprend pas pourquoi elle a divorcé pour se jeter dans la gueule d'un homme autoritaire, négligent, alcoolique et absent. Ce fils ne croit plus en sa mère.

Quant à Samir, peut-être se penche-t-il sur mon berceau, approche-t-il son visage tout près du mien pour tenter d'y voir son reflet. Mon âge est une trêve dans la bataille qui va nous opposer. Il se considère comme un enfant perdu pour la mère. Il a accumulé si peu de tendresse en lui, qu'en concéder est au-dessus de ses forces. Cela reviendrait à épuiser ses maigres réserves. Il commence donc à me maudire.

Ma mère est radieuse. Elle a réussi à dupliquer l'amour qu'elle porte à mon père. Derrière l'apparente sérénité de la femme, se cache à peine le désintérêt de l'homme. Il n'a pas désiré l'enfant, mais la paix. Il a bien réfléchi puis a conclu que cette promesse de couche ne l'engageait pas plus que les précédentes. Il est donc entré dans cette chambre, il s'est dit que le moment venu, il ferait ce qu'il a toujours fait : fixer son regard dans la direction opposée à ses responsabilités pendant que les enfants gigotent sur le sol et admirent le grand pschitt du père éthéré.

Zina vient fourrer son nez dans mes couches. Elle est heureuse d'avoir un nouveau petit-fils. Elle est fière de son fils qui a été capable de tirer le meilleur d'une *gaouira*, d'une Française. Elle chante la gloire du père, comme s'il venait de bâtir un empire. Elle s'époumone en convoquant proches et lointains parents pour qu'ils puissent assister à la bénédiction qui lui est faite. Vaste hypocrisie, plus vaste que la mer qui la sépare de son pays. Elle tente de tromper son monde avec sa fierté en toc. En vérité, elle se demande comment faire avaler la pilule de ma venue. Que va penser le reste du monde de cet enfant né hors mariage avec une non musulmane ? Quels subterfuges va-t-elle mettre au point pour faire de cette naissance le produit d'une volonté divine ? Elle a réussi à faire disparaître Khadija du paysage, un nouveau-né ne lui fait pas peur.

On m'a donné un prénom français, mais elle ordonne qu'on y accole aussi un prénom arabe, *Habib*, pour atténuer son désespoir et pour reprendre la main sur la France. Puis elle organise un voyage pour la mère et l'enfant, afin que ce dernier soit présenté en bonne et due forme à l'Algérie. Le père n'émet aucune objection, tant qu'on décide pour lui, la paternité est une promenade de santé.

Ainsi, les valises bouclées, ma mère et moi nous nous envolons pour Annaba. Les autres membres de la famille restent derrière nous. Comment expliquer cela ? Supposons que le père n'ait pas envie d'emmener les quatre enfants nés en Algérie au cas où

Khadija ne vienne faire valoir ses droits. Supposons que le père ait peur également que, du fait de leur nationalité, la mère patrie réclame que ses enfants lui soient rendus. Alors, fort de ces possibilités, le père ne prend aucun risque. Pourtant, en France, il ne s'est pas plus occupé de leur naturalisation, tout juste concède-t-il aux jumelles qu'elles préservent quelques mots d'arabe pour chanter *Ya chta sabi sabi*. Il se moque que le petit dernier ait gardé en mémoire le goût inachevé du lait maternel. Quant à Samir, le père se montre impuissant à extraire le venin qui se propage dans son sang. C'est un leurre de croire que le mal qui pousse en Samir ne l'atteindra jamais.

Dommage que je ne puisse me rappeler l'accueil qu'on me fit cette année-là. Si des photos ont été prises, je ne les ai jamais vues. Il ne me reste que des récits comme savent en broder les personnes qui aiment enjoliver les histoires. À les écouter, le bonheur de ma naissance chevauchait dans les cœurs de tous les membres de notre innombrable famille. Ma mère même, la *gaouira*, n'a plus jamais connu pareils honneurs depuis son premier et unique voyage à Annaba. Pour mon plus grand malheur, ces rumeurs sont arrivées jusqu'aux oreilles de Samir et ont attisé la colère qu'il nourrissait contre moi.

Un fait en particulier a exacerbé les rancœurs. Après deux semaines passées en Algérie, mon retour n'a pas été possible. Une fois à l'aéroport, la police des frontières a refusé que je quitte le pays. Mon père n'avait pas signé l'autorisation de voyage. Comme je portais son nom et qu'il était mon représentant légal, ma mère a dû retourner en France et me laisser à sa belle-famille. Pendant un mois, je suis passé de mains en mains, choyé comme pas permis. Abreuvé de lait qu'on tirait spécialement pour moi. Immergé dans la culture de mon père. Je ne me souviens hélas de rien. C'est un premier voyage oublié.

Les quatre n'ont pas vu le retour de ma mère d'un bon œil. Surtout lorsqu'ils ont compris que ce n'était pas une nouvelle version du Petit Poucet. Car j'allais forcément revenir un jour ou l'autre. Ils ne comprenaient pas pourquoi j'avais la chance de vivre en Algérie, ne serait-ce que pour un mois. C'était plutôt eux qu'on aurait dû envoyer là-bas. Eux qui devraient être fêtés. Eux que l'on devrait honorer pour avoir enduré tant d'années de séparation. Ce sont eux qui souffraient de l'arrachement. Eux qui espéraient revenir en arrière, voir renaître le port dans leurs yeux et retrouver celle qui ne cesse de les appeler et à qui ils ne peuvent pas répondre.

Alors quitte à ce que je sois bloqué là-bas, on espérait que j'y reste. Que je souffre moi aussi de ne pouvoir rejoindre ma mère. Que je sois noyé dans une langue qui ne me permette plus de dire comment je suis né ni pourquoi ni de qui. Oui, ils étaient prêts à me concéder leur pays pour que les balances du monde s'équilibrent enfin. Même si le pire qu'ils pouvaient imaginer, c'était que le hasard fasse se croiser mon chemin et celui de Khadija.

Salle de bains, 1986

J'aimerais moi aussi pouvoir me souvenir de mon enfance par des détails inoffensifs. Ne garder de cette année que l'odeur d'alcool du papier carbone et le mauve des copies fraîchement dupliquées par la maîtresse. La couleur de mon année de CP. Le parfum de l'écriture.

Mais Samir m'a appelé. Je suis entré dans la salle de bains. Mes trois demi-frères étaient debout dans la baignoire, côte à côte, du plus grand au plus petit, le pantalon sur les chevilles. C'était un après-midi sans appétit, sans imagination, ils s'ennuyaient. Ils empoignaient leur sexe comme des Dalton prisonniers de leur perversité. Ils pouffaient, se donnaient des coups de coude dans les côtes.

Samir m'a demandé de m'approcher. Il voulait me montrer un jeu. J'avais déjà vu les sexes de mes camarades dans les toilettes de l'école. Je ne me suis pas méfié en voyant ceux de mes frères. Je ne savais pas encore qu'un corps pouvait en heurter un autre.

Jusque-là, Samir ne m'avait pas réellement fait de mal. Il ne manifestait aucune marque d'affection envers moi, ne me parlait presque pas. C'était sa manière de s'opposer à ma naissance, au fait que je sois le seul enfant à pouvoir dire papa *et* maman. Durant mes premières années, il avait nourri sa petite haine contre moi. Il avait été une menace permanente qui attendait son heure pour s'exprimer. Il me faisait peur par sa seule présence. Et j'avais fini par apprendre à ne pas l'approcher, comme une bête tient ses distances.

Jusque-là, il avait contenu sa colère envers moi, et retenu ses coups. Et puis ce jour est arrivé où il a jugé que j'étais assez âgé pour apprendre à souffrir.

Je devais prendre son sexe dans ma bouche.

Je ne voyais rien de dangereux. C'était peut-être un jeu de grand dont j'ignorais encore l'existence et les règles. Je ne me rappelle pas avoir refusé ni même émis la moindre protestation. Je me suis avancé et j'ai fait ce que Samir me demandait. Peut-être était-ce ce qu'il fallait accomplir pour être aimé de ses frères. Cette marque soudaine d'affection avait attisé ma curiosité. Ça ne me paraissait pas une tâche insurmontable. Et puis, ils étaient tous les trois réunis dans la baignoire, je n'avais aucune raison de me méfier. Je voulais être avec eux, complice de leurs jeux, pour une fois.

Dès que j'ai fini de faire ce que l'on me demandait, Samir s'est déchaîné en me couvrant d'insultes. C'est comme ça que je suis devenu un pédé dans sa tête. Ce que j'avais accepté de faire confirmait ce qu'il pensait : je n'étais pas digne de vivre dans cette maison, d'avoir un père et une mère rien qu'à moi. Je n'étais qu'un sale petit bâtard et j'allais le payer.

Je me souviens de la salle de bains sans fenêtres.

Je me souviens de la couleur bleue de la faïence.

Je me souviens de la lumière éteinte à la hâte.

Je me souviens du frottement du pêne qui s'engage dans la gâche du verrou.

Je me souviens de quelques secondes de silence.

Je me souviens du bruit de l'ébullition dans le chauffe-eau.

Je me souviens des mains qui me saisissent dans le noir, qui se mettent en étau autour de mes chevilles et de mes poignets.

Je me souviens que chacun faisait en silence ce qu'il avait à faire.

Je me souviens du goût du gant de toilette desséché enfoncé dans ma bouche pour étouffer mes cris.

Je me souviens des premiers coups. Les premiers de ce jour en particulier, mais aussi les premiers de mon existence.

Je me souviens que très vite les coups ont manqué d'entrain, que Samir a rapidement atteint la satiété.

Je me souviens que les insultes étaient plus violentes que les coups.

Je me souviens que cette douleur est entrée en moi pour ne plus ressortir.

Je me souviens que seul Samir a frappé, que d'une certaine manière, je comprenais sa haine, je savais que tôt ou tard elle s'abattrait sur moi, en revanche, je me souviens de ne pas avoir compris la complicité des deux autres.

Je me souviens du halo soudain de l'applique au-dessus du lavabo.

Je me souviens du filet d'eau qui coule, du savon frotté contre le gant qu'on a ôté de ma bouche.

Je me souviens d'une main maladroite cherchant à faire disparaître la douleur sur mon visage.

Je me souviens du goût des larmes mêlé à celui du savon.

Je me souviens que j'avais plutôt intérêt de fermer ma gueule. Si ta mère apprend la vérité, a dit Samir, elle ne t'aimera plus. Il n'a même pas pris la peine d'agiter la menace du père. Samir incarnait l'autorité, je m'y suis plié. Pendant des années, il m'a menacé de divulguer ce que j'avais fait dans la salle de bains. Il avait tous les droits sur moi, sur mon corps et ma mémoire.

Mes premiers souvenirs d'enfant sont nés dans la violence.

Placard, 1987

Peu de temps après la naissance du démon Samir dans la salle de bains, j'ai cherché un lieu où me cacher. D'abord dans un coin du garage, replié derrière des cartons, respirant les effluves d'huile et de carburant. Puis sous un lit, avec pour seules occupations de devoir maîtriser ma respiration pour ne pas me faire repérer ou quand le danger s'était éloigné, de passer le temps en soufflant sur les moutons de poussière pour les faire rouler. Il m'arrivait aussi de rester enfermé dans les toilettes avec des figurines, des feuilles et des crayons, mais Samir déverrouillait la porte avec un tournevis et mettait fin à l'illusion de tranquillité. Il souillait mon havre. Pendant plusieurs mois, j'ai rampé comme un cloporte qui cherche un refuge sous une pierre ou une planche pourrie. J'ai tenté de confiner ma peur dans des endroits faits pour les insectes.

À chaque fois, j'étais débusqué. Samir refusait ma présence et pourtant, il passait un temps fou à me rallier à sa fureur. Au début, il donnait des raisons à sa violence. Il lui arrivait de me battre les jours où il oubliait ses clés et où d'après lui je n'étais pas rentré assez vite de l'école. Quitter ses copains dès le portail de l'école franchi, courir comme un dératé, arriver en sueur chaque soir au cas où ne servait à rien, ce n'était jamais « assez vite ». Le temps passé aux toilettes, devant la télévision, le bruit que je faisais en mastiquant, le rire qui parfois s'échappait de ma gorge, le chahut de mes copains devant la maison, les petits bonheurs que je cultivais avec eux, les marques d'affection que je recevais, tout était prétexte aux châtiments.

Samir avait franchi une limite en me frappant la première fois. Depuis, l'emploi de la force avait tourné à la banalité. Faire le mal ne le rassasiait que temporairement, il s'en libérait puis y revenait sans aucune régularité. Il pouvait se passer des jours et des semaines sans que Samir ne me prête la moindre attention, pas un mot, pas un regard, m'évitant comme on évite un meuble. Le temps de me croire sorti d'affaire. Puis sa colère s'abattait à nouveau sur moi, sans raison. Je ne savais pas ce qu'il souhaitait obtenir de moi. Il nous a engagés dans une série de malheurs qui est devenue notre lien.

Je me suis plié à cette logique jusqu'au jour où l'idée m'est venue de me cacher dans le placard.

C'était une penderie avec des portes en accordéon. J'avais choisi cet endroit tout d'abord parce que Samir n'y allait jamais. Les vêtements qui y étaient suspendus appartenaient à mes parents et aux jumelles. Ensuite, parce que l'espace au sol ne m'obligeait pas à me contorsionner pendant des heures. Il était recouvert d'une moquette orange, la même que celle du palier qui distribuait les chambres. J'y avais aménagé un nid de couvertures. J'avais trouvé dans le garage une lampe torche qui me permettait de lire. J'avais aussi scotché des figurines en forme de lucioles phosphorescentes qu'on trouvait à l'époque dans les paquets de lessive Bonux. Lorsque je devais brusquement éteindre la lampe, leur halo verdâtre me rassurait.

Je passais des heures dans ce placard, devenant une créature énigmatique pour le reste de la famille. Un enfant ermite. Parfois, le père, la mère ou les jumelles ouvraient les portes, faisaient glisser les cintres, remarquaient l'une de mes jambes ou le faisceau de ma lampe, et après m'avoir adressé quelques mots de surprise, retournaient à ce qu'ils cherchaient. Avec le temps, les mots ont disparu au profit d'un soupir d'exaspération, et bientôt plus personne n'a été troublé par l'étrangeté de ma situation. On bougeait les cintres au-dessus de ma tête, sans un regard pour moi, les vêtements me frôlaient le haut du crâne, et ce contact impromptu, presque volé, passait certains jours pour une agréable caresse.

Au début, j'avais espéré que ma mère vienne me tirer de là, qu'elle me questionne sur cette drôle d'habitude. Mais elle a accepté que son fils se terre comme un cloporte dans sa propre maison.

Ce placard était mon royaume et je devais à tout prix le préserver en n'émettant pas le moindre son. Une fois calé dans les couvertures, dans une position qui demeurait inconfortable mais que j'avais choisie, j'écoutais les battements de mon cœur avant de penser très fort : Histoires, venez à mon secours !

Je peuplais le placard de centaures, de licornes, de dragons, de toutes les créatures fantastiques que mes premières lectures avaient mis à ma disposition. Il me suffisait de les convoquer pour qu'elles accourent et dansent sur les parois sombres de mon refuge. Des personnages comme Huckelberry Finn, Nils Holgerson ou Jim Hawkins venaient à ma rescousse. Ils étaient mes frères véritables, pas une ligne de leurs aventures ne me trahissait jamais. J'aurais aimé moi aussi avoir un compagnon de route. Un Tom Sawyer ou un Jarre qui m'arracherait à ce quotidien de peur et d'abandon. Ces enfants livrés à eux-mêmes pour différentes raisons avaient eu la chance de naître de parents aimants : Mark Twain, Selma Lagerlöf, Robert Louis Stevenson. Dans ma vie, le jeune Jim Hawkins ne prenait jamais la mer et restait à quai, fasciné et terrorisé par la violence de Billy Bones. Mes parents se détournaient de mon histoire, de ma réalité, laissant le hasard faire les choses. J'avais beau me plaindre des châtiments infligés par Samir, ils acceptaient que mon enfance soit tourmentée, que je devienne un adulte modelé par sa violence. Par leur indifférence, ils me laissaient sous l'emprise de Samir, un ennemi sans ambition. Ils prenaient le risque que je finisse moi-même comme *un héros de quatre-sous*, selon les mots de Mark Twain.

Mais j'avais fait de ce placard un nouvel abri utérin. Une source où puiser le courage de revenir à la réalité.

PLACARD, 1987

Le placard n'était pas seulement peuplé de récits indolores et de fidèles compagnons littéraires. Il m'arrivait d'y déposer des secrets inavouables, des idées noires et des prières mortifères par lesquels je cherchais une issue à ma courte vie. Dans ce ventre sombre et protecteur, à l'abri des regards, la honte me quittait au moment de formuler des vœux qu'aucun enfant ne devrait jamais avoir à effleurer. Je souhaitais la mort de Samir. Pas comme un enfant qui souhaite la mort en une pensée magique, sans mesurer les conséquences d'une fin, sans avoir encore appréhendé la valeur de la vie. C'était une question de survie. Je souhaitais sa mort pour éviter d'envisager la mienne.

Je prenais notre père pour un démiurge, omniscient, dont l'œuvre ultime était le combat entre Samir et moi. Le vainqueur de ce combat remporterait l'amour du père. À six ans d'intervalle, dans deux pays différents, nous avions, Samir et moi, été jetés dans une vie en ignorant pourquoi nous n'avons pas été dignes d'être aimés. Ce mystère nous occupait, chacun à notre façon, une bonne partie du temps. C'était l'omniscience de ce père, toujours absent de nos vies et terriblement présent dans la plupart de nos interrogations, de nos doutes et de nos projets. Nos pensées restaient incomplètes, bâtardes, sans respiration et sans verbe. Et, à force de langue stérile et de tombes muettes, il subsistait pour Samir comme pour moi une seule question : Pourquoi naître ?

ANNABA, 1975

La maison ne respire plus. Isolée du reste du monde. À l'extérieur, les murs ont tant d'oreilles qu'elle n'ose plus bouger. Les gens se mettent à chuchoter en passant sous ses fenêtres, qui ne donnent plus sur rien. Elle n'a pas besoin de surprendre les conversations. Elle devine toutes les horreurs qu'on met sur son compte. Cette maison est comme un œil clos. Khadija est prostrée dans le coin d'une chambre. Elle dort à même le sol, s'interdit tout confort pour protester contre l'infamie. Ses muscles se raidissent. Elle ne trouvera de délivrance que dans la souffrance. Des jours et des nuits se succèdent. Elle ne fait aucun mouvement. Elle craint de se lever et que ses entrailles lourdes et douloureuses glissent de son ventre et recouvrent le sol de sa honte. Son corps de mère lui est devenu inutile. Son corps de femme ne lui appartient plus depuis longtemps. Elle est déchirée. Ses chairs mortes et déshonorées lui sont insupportables. Son visage glisse jour après jour dans un trou sombre.

Ses seins dégorgent de lait. Les cris du petit dernier envahissent son esprit et rendent le silence qui s'est abattu sur sa maison encore plus glaçant.

Elle répète : Où sont-ils ? Elle bloque sa respiration et attend une réponse. Mais le ciel semble aphone. Insensible au drame qui éteint tout en elle. Sa gorge est sèche, ses mains tremblent. Khadija ne sait plus où les poser. Toucher, c'est rendre sa peine plus lourde. Comme voir, sentir, entendre, lui rappelle que tout ce qui donnait vie à ses sens a disparu. Seul un goût amer persiste à chaque déglutition.

Son esprit se traîne péniblement en dehors de la noirceur des jours, il erre et la délivre des remparts que sont devenus ces murs. Khadija doit fermer les yeux pour retrouver ses enfants. Elle a peur d'oublier le visage du dernier. Elle sculpte mentalement chacun de ses traits.

Elle ne s'alimente plus, trempe ses lèvres de temps à autre dans un bol d'eau. Elle consacre ce qui lui reste de salive à la prière. Les premiers jours, elle est traversée par la fièvre, ballottée par des vagues de délire. Elle voit ses enfants devenus adultes danser autour de sa dépouille.

Personne n'ose lui rendre visite, de peur d'être enrôlé dans sa malédiction.

Comment rester vivante avec quatre enfants en moins dans le cœur ?

Puis une éminente femme pieuse vient lui rendre visite et lui présente ses bénédictions, au nom de Dieu qui n'abandonne jamais personne. *Tu n'as pas tout perdu, il te reste la prière. Tu ne dois pas l'oublier. Tu ne dois pas placer ton malheur au-dessus de la prière. Dieu l'a voulu.* Khadija n'entend que claquements de langue et brouhaha. Elle se laisse sermonner, ploie sous les menaces de perdition, comme si elle commettait un crime en refusant de s'exposer à la lumière du jour. *Allah est grand ! Il a été généreux avec toi, quatre enfants tu as eu. Si Dieu le veut, tu en porteras d'autres. Mais ce n'est pas en transformant ta maison en caveau que tu deviendras femme à nouveau !* Khadija ne veut pas être traitée en victime. N'ai-je pas le droit de me noyer dans le chagrin sans être jugée pour faiblesse ? interroge Khadija. Nier cette douleur, c'est nier l'existence de mes enfants. Je la ferai vivre en moi aussi longtemps que Dieu me le permettra.

Tout ce qu'elle espère d'Allah, c'est qu'il raisonne son mari et qu'on lui rende ses enfants. Elle baisse le regard, les reproches pèsent sur ses épaules. Elle se reprend, vitupère la vieille émissaire emmitouflée dans ses sinistres auspices. Je n'ai pas perdu mes enfants. Ils sont là ! hurle-t-elle en plaquant ses mains sur son ventre. Mes enfants m'ont été arrachés ! Tu entends ? Arrachés ! Et ne me parle plus de foi, Dieu seul peut juger mon supplice.

Au fil du temps, d'autres courageuses attendent que la nuit tombe pour se faufiler chez elle et lui apporter de quoi manger. *Qui va s'occuper de toi à présent ? Tu ne peux pas rester seule. Parle-nous !* Il y a des jours où Khadija s'emporte, est prête à ravager de ses ongles les bouches pleines de cadavres. Comment peut-on lui demander de se montrer digne ? Est-ce indécent d'exprimer sa douleur ? leur lance-t-elle avec rage.

Parfois, elle se terre sous la pierre qu'est devenu son cœur, encaisse le suintement des fausses compassions, ce qu'elle souhaite au fond d'elle, c'est se fondre dans l'oubli. Elle ne veut plus des consolatrices qui guettent la moindre affaire pour exister en dehors de leur cuisine, se repaître et jouir d'un malheur plus grand que le leur. Certaines femmes viennent même lui présenter leurs condoléances.

Khadija est saoule de voix nauséabondes. Elle bondit, les insulte et les chasse en leur jetant à la figure les plateaux de nourriture auxquels elle n'a pas touché.

Un matin, lasse de ces allées et venues, elle condamne la porte d'entrée. Elle part en exil dans le chagrin. Elle se nourrit de semoule et d'eau de pluie, se laisse dévorer par la pénombre.

Elle refait les lits froissés par les derniers rêves de ses enfants. Elle caresse les taies comme au temps où elle passait sa main sur les fronts apaisés de ses filles. Son corps blanchit à la vitesse des langes qu'elle lave comme si son bébé allait lui être rendu avant la tombée de la nuit.

Chaque vêtement, chaque objet qu'elle retrouve lacère sa mémoire.

Khadija s'épuise en sanglots secs.

Elle s'astreint à une multitude de rituels et de gestes en l'honneur de ses enfants. Elle espère que son mari va revenir à la raison.

D'autres hommes se montrent moins naïfs qu'elle. Des consolateurs d'une autre nature se succèdent sous ses fenêtres. Leurs voix gorgées de promesses. Elle croyait avoir été claire, il n'y avait pas que sa porte qui resterait interdite, sa vertu également.

Un vieillard hardi, légitimé par la coutume, lui propose d'accueillir son déshonneur dans les contreforts de sa respectabilité. Il est un homme qui compte dans la ville. Son âge le préserve de toute faillite morale. Quand il s'exprime, rares sont ceux qui ne l'écoutent pas avec attention. Ses conseils valent de l'or, dit-on. *Je suis prêt à accueillir ta peine, il n'y a pas de tourments que je ne sache récuser. Il te suffit de me suivre pour te débarrasser de tes soucis.*

Khadija le laisse soliloquer. Elle ne prend plus la peine de parler. Les mots lui sont aussi utiles qu'un seau percé, alors elle préfère s'absenter de sa parole. Quitte à ce que d'autres traduisent ce silence avec leurs mots à eux, trempés dans le poison noir de leur médisance.

Ne pense plus à tes enfants ! C'est la volonté de Dieu ! tente le vieillard en dernier ressort.

C'est surtout la volonté d'un homme qui se prend pour Dieu, pense Khadija. Le vieillard repart avec sa respectabilité entre les jambes.

Ses vraies alliées sont elles aussi murées dans le silence. Filles, femmes, tantes et cousines, butins de guerres familiales. Sous la coupe de la prospérité masculine. Protégées des vices, comme si elles ne rêvaient que d'une chose : embrasser la carrière des putains.

Leurs paupières leur servent de paravent, pour dénuder leurs pensées. C'est pourquoi la violence des hommes, à défaut de leur sexe, ne retombe jamais, ils craignent de ne plus être le sujet principal du désir. Ils ont beau dresser leur hampe et inonder les bassins de leurs maigres espoirs, ils n'éteignent jamais le feu des entrailles. Quelle que soit la cause de leurs assauts, ils finissent toujours en berne.

Hiver, printemps, été, automne. Les morsures de l'espoir marquent durablement le visage de Khadija. Elle devient l'ombre de l'ombre. Il lui faudra plusieurs années avant qu'elle n'admette que ses enfants ne reviendront plus.

Chaque jour, elle prie son Dieu pour qu'ils ne l'oublient pas.

Forêt, 1988

Ce jour-là, je suis rentré de l'école au pas de course. Arrivé à l'angle de notre rue, j'ai ralenti pour observer sans être vu. C'était trop tard, Samir attendait adossé à la porte d'entrée pour se protéger de la pluie. Il m'arrivait de plus en plus souvent de le coiffer au poteau, mais pas ce jour-là. Son visage était sombre. Il taillait je ne sais quoi avec un cutter. C'était son jeu du moment : laisser des traces un peu partout. Il avait gravé son nom à plusieurs endroits dans la maison. Il me disait :

Tu ne vas pas où y a écrit Samir.

C'était impossible d'éviter la cuisine, la salle de bains, les toilettes et bien entendu, le placard. J'avais fini par m'habituer à cette fine lame, me préparant à ce qu'un jour ou l'autre, elle vienne m'entailler quelque part.

Je me suis arrêté. Sans lâcher Samir du regard, j'ai fait glisser lentement mon cartable de mes épaules. Il faisait mine de ne pas m'avoir vu, mais dès que je me suis mis à courir, il s'est lancé à mes trousses.

Il m'a rattrapé, ou plutôt, il a stoppé ma course en me fauchant par-derrière. J'ai décollé du sol et vrillé dans l'air. J'ai amorti ma chute sur le bitume avec mes mains. J'ai d'abord senti de forts picotements, puis j'ai eu la sensation que mes paumes s'enflammaient. L'intérieur de mes mains était râpé, en sang, des graviers s'étaient mêlés à la chair. J'ai crié. Ma gorge s'est serrée mais j'ai retenu mes larmes.

Samir m'a relevé par le col de mon manteau puis il m'a saisi par le cou pour me faire avancer jusqu'à notre maison. Sur le perron, il m'a forcé à m'agenouiller. Il a fait glisser une de ses baskets sous mon nez.

Tu m'as fait attendre sous la pluie, sale petit bâtard. Mes lacets sont mouillés, tu vas les défaire.

J'ai commencé à travailler le nœud gorgé d'eau avec mes mains tremblantes. Il s'est défait assez facilement. Samir a avancé son autre basket.

Maintenant, fais-le avec les dents.

Une voiture est passée devant chez nous. Le conducteur, un voisin, a ralenti quand il a vu Samir debout et moi dans la position du chien soumis au maître. Samir l'a défié du regard. J'ai respiré un grand coup et profité de cette diversion pour partir en courant vers la sortie du lotissement. Samir, cette fois, m'a laissé m'enfuir, remettant à plus tard le châtiment du jour.

J'ai couru sous la pluie sans me retourner, traversant les rues en dehors des passages piétons, sans même faire attention à la circulation. J'ai rejoint la forêt qui bordait notre ville, un autre lieu magique qui me permettait d'échapper à la violence et à l'indifférence de ma famille.

Je savais m'y orienter et attraper les épeires diadème sans ciller. Même en hiver, alors que la lumière déclinante était tamisée par les cimes et que le sous-bois assombri donnait l'impression que l'espace se resserrait, je n'avais pas peur. Je ne craignais ni les rencontres étranges ni les créatures engendrées par la pensée commune. Elles peuplaient déjà ma famille, alors, cette forêt ne pouvait pas être plus hostile. J'en avais fait un de mes temples pour réunir mes amis et rassembler mes rêves. Cette forêt était un des rares endroits où j'avais l'impression d'être en sécurité, à l'abri de Samir. Il n'y avait pas de violence en cet endroit. Pas d'angoisse. Seules les cimes des arbres dominaient mon crâne. À la maison, tout était écrasé, mes épaules, ma voix, mon regard, mes larmes et mon corps aux mains du frère.

J'ai marché sous les arbres une bonne demi-heure, soucieux de ce qui m'attendait à la maison, mais fier d'avoir échappé au pire. Tout près du bois vivait un camarade chez qui je traînais après la classe. Je n'avais aucune sorte d'amitié pour lui, mais j'aimais l'ambiance de leur famille, les enfants étaient libres de parler, de bouger, de faire, d'exister. Il régnait dans la maison un désordre qui me fascinait : des livres en bataille, des toiles en création, des pupitres chargés de partitions, des vêtements suspendus un peu partout, des jouets à foison, des structures de Lego et de Kapla que les parents ne se seraient jamais permis de défaire. Chez eux, on ne mangeait jamais à la même heure, on se mettait à table quand les yeux fatiguaient sur la page ou quand la dernière planche de Kapla tenait en équilibre en haut d'une tour. Il s'y passait tout ce qui ne se passait pas chez moi : une joyeuse pagaille.

J'ai frappé à la porte, le père de Valérian a ouvert et m'a fait entrer. Il avait l'habitude de me voir débarquer à l'improviste, surtout le mercredi et le dimanche, lorsqu'il n'y avait pas école et que j'étais forcé d'être à la maison. Il a tout de suite remarqué mes blessures.

Qu'est-ce qui t'est arrivé aux mains ?

Oh rien, je jouais dans le bois et je suis tombé dans les ronces.

Tu étais tout seul ?

Oui. Mais ça va.

Le père de Valérian a regardé sa montre et froncé les sourcils. Puis il est allé chercher du désinfectant et des pansements sans pousser plus loin son interrogatoire. J'étais gêné qu'il me soigne. Il prenait bien le temps de nettoyer le sang séché, de retirer les graviers incrustés dans la chair. Je n'étais pas son fils, il n'avait aucune raison de s'appliquer de la sorte. J'ai retiré ma main.

Ça pique, ai-je dit sèchement.

Il n'a pas insisté.

Tu devrais monter voir Valerian dans sa chambre, on lui a offert une console Atari. Je suis sûr qu'il va être content de jouer avec toi. Son petit frère lui casse les pieds, a-t-il conclu en me faisant un sourire complice.

Comme dans toutes les familles où je me réfugiais après l'école, les parents de Valerian s'accommodaient de mes réponses évasives ou farfelues à leurs questions concernant ma famille. Avec le temps, je n'avais plus eu besoin de les convaincre de la nécessité de ma présence dans leur maison. Ils avaient fini par ne plus s'inquiéter du fait qu'on ne se souciait pas non plus de mon absence.

Ce jour-là, je n'ai pas vu l'heure tourner, la menace de Samir avait cessé de palpiter en moi ; j'avais même fini par oublier mes mains endolories. Il était près de 20 h quand nous avons arrêté de jouer. Je devais traverser la ville pour retourner chez moi. J'ai fait tout le chemin en courant. Mes poumons étaient en feu. Avant d'entrer dans le lotissement, il fallait traverser une artère. J'étais terrorisé à l'idée que mes parents soient en train de me chercher partout. C'était la première fois que je rentrais si tard. J'entendais déjà les terribles remontrances que j'aurais à subir. Empêtré dans mes pensées, j'ai traversé au feu rouge piéton, juste devant le nez d'une voiture : celle de mes parents. Mon père a freiné, m'évitant de justesse, puis il est reparti en douceur. Il ne s'est pas arrêté pour me prendre à bord, il a continué sa route.

Quand je suis arrivé, à bout de souffle, mes parents déchargeaient les courses. Ma mère m'a rappelé de ne pas rentrer si tard, mon père m'a simplement dit de ne pas rentrer les mains vides et m'a tendu un sac de provisions. Je n'ai même pas eu droit à une engueulade. Mon père avait failli m'écraser, mais pas un mot n'est sorti de sa bouche à ce sujet. Longtemps je me suis demandé ce qui aurait bien pu animer quelques sentiments chez eux. Que je m'écrase sur le pare-brise pour leur obstruer la vue ? Qu'ils traînent mon corps sur une centaine de mètres pour enfin se rendre compte de ma présence ? Que la morgue leur rappelle mon identité ? Je jugeais ma mère avec autant de dureté que mon père pour la simple raison qu'elle acceptait d'être sa passagère.

Tout le temps où je m'étais enfui pour échapper à Samir, mon cartable était resté sur le trottoir, essuyant quelques averses. Deux cahiers étaient trempés et bons à mettre à la poubelle. Le pire je crois, c'est que le reste de la fratrie était rentré en passant devant mon cartable, avait dîné sans s'inquiéter une seconde de mon absence.

MONTSOULT, 1989

Je me souviens d'un après-midi passé dans la forêt, sous ses arbres salutaires, durant lequel j'avais eu l'impression d'être un enfant comme les autres avant que tout cela ne s'achève une nouvelle fois sous les coups de Samir.

Ce jour-là, j'avais eu la certitude de damer le pion à Mathias, mon meilleur ami du moment. Je l'appréciais parce que c'était un enfant intelligent, qu'il était fils unique et qu'il me laissait entrer chez lui sans méfiance. À chaque fois, le même scénario se répétait ; j'entrais sur la pointe des pieds, j'observais les mœurs de la famille, je les faisais miennes petit à petit, j'imaginais aisément que les règles de ce foyer avaient aussi été instaurées pour moi. Je décortiquais les paroles, les gestes tendres, les petites attentions qui me déchiraient le cœur parce que je les découvrais chez d'autres. Pour finir, je me faisais passer pour un ange, récoltais les compliments et crevais de jalousie. Je détestais Mathias autant que je l'aimais, comme tous ceux qui me laissaient suçoter l'affection de leurs parents, qui me laissaient me métamorphoser en parasite.

La première fois que j'avais intronisé Mathias dans ma bande de copains et que je lui avais fait l'honneur de l'emmener dans ma forêt, il avait concentré toutes les attentions en faisant étalage de son savoir. Il avait cité les noms scientifiques d'un nombre incroyable de plantes : *Ilex aquifolium*, *Urtica dioica*, *Pteridium aquilinum*… À l'écouter, on l'aurait cru prêt à intégrer l'Office national des forêts. Il fanfaronnait : « Philippe le Bel est venu chasser dans ces bois et François 1er en a fait cadeau à Anne de Montmorency en 1526. Et vous voyez la mare qui est là-bas, eh bien, elle est probablement née d'une dépression causée par un bombardement lors de la Seconde Guerre mondiale. » Il avait trouvé ces informations avec l'aide de ses parents. Ils étaient allés à la bibliothèque en famille. L'idée qu'il ait pu pénétrer mon domaine avant d'y mettre un pied m'avait rendu furieux. J'aimais profondément cette forêt, c'était le théâtre de mes plus belles heures de rêverie. Mais avec Mathias, elle perdait de son pouvoir magique. En la décrivant de la sorte, en utilisant des mots savants, il la faisait sortir de mon royaume d'enfant pour la précipiter hors des frontières de l'enchantement.

Je lui enviais de toutes mes forces ces temps passés en famille. Mes parents ne s'occupaient pas de ma scolarité, ne se préoccupaient pas des nourritures de l'esprit. Les seuls livres disponibles chez moi étaient des œuvres racoleuses de Paul-Loup Sullitzer et Pierre Bellemare aux éditions France Loisirs, avec leur couverture brochée et le titre écrit en doré ; leur facture faussement précieuse ne trompait pas les « vrais lecteurs » et moi-même je n'ai jamais eu le courage de les feuilleter, même par ennui. Je m'accrochais aux quelques ouvrages que j'empruntais à l'école ou aux copains.

Tout comme Valerian, Mathias me paraissait être un enfant imperméable au malheur, grâce à la confiance et l'amour que ses parents lui prodiguaient inlassablement. Je détestais surtout Mathias car il était beaucoup trop heureux pour être vrai. Je lui enviais ses parents, son savoir, son physique malingre et jusqu'à ses verres de lunettes à double foyer. Je cherchais quelqu'un qui m'explique qui je suis.

Nous étions au printemps et le sous-bois était tapissé de jacinthes sauvages bleu mauve. J'avais proposé à notre bande d'en faire des bouquets et de les vendre comme certains enfants le faisaient le 1er mai pour le muguet. Nous avions convenu de donner le fruit de la vente aux parents d'un camarade en grande difficulté. Il y a eu unanimité parmi les copains et j'ai réglé les détails techniques et logistiques en deux temps trois mouvements. J'avais toujours de la ficelle sur moi, un couteau suisse et un tas d'autres bricoles au fond des poches. Nous nous sommes organisés en équipe pour cueillir, confectionner et ficeler les bouquets.

Puis nous avons rejoint le centre-ville, les bras chargés de fleurs, en une joyeuse procession d'apprentis colporteurs. Nous demandions 5 francs par bouquet, et l'on nous en donnait plus souvent 10. Tout se passait pour le mieux, les copains me félicitaient pour mon idée dont le succès dépassait leurs espérances, et pour une fois Mathias n'avait rien à dire. Cette journée était ma réussite et je pouvais enfin me relier à une joie collective. Jusqu'à ce que nous frappions chez un copain de Samir.

— Qu'est-ce que vous voulez ? a-t-il demandé sur la défensive.

Il avait une incisive cariée qui lui donnait l'air encore plus méchant. Il était pieds nus et des poils poussaient drus sur ses orteils. Il portait un short de foot taché et un t-shirt *7 UP* à peine plus propre.

— On vend des fleurs pour aider des gens, a répondu maladroitement l'un de nous.

— M'en fous, dégagez.

Il allait rabattre la porte quand son regard est tombé sur moi.

— T'es pas le frère de Samir toi ?

J'ai rougi. J'aurais voulu disparaître. Je ne souhaitais pas que les copains entendent ce nom. J'avais honte qu'il soit associé à ma famille.

— Y sait que t'es là ?

— Oui, oui.

— Ah bon ? Et il est au courant de c'que vous faisez ?

— Oui.

Il s'est mis à rire d'un rire maléfique. Sa tête a disparu de l'entrebâillement. Il a parlé tout bas à quelqu'un qui se trouvait derrière lui.

— T'es sûr qu'il est au courant ?

— Oui.

— C'est c'qu'on verra.

Il a claqué la porte, mais on entendait quand même son rire se mêler à celui de son complice. Je croisais très fort mes orteils pour me porter chance. J'espérais qu'il soit assez idiot pour me croire.

Nous sommes sortis de l'immeuble en silence. Je regardais mes pieds. Mathias a dit :

— Eh, vous l'avez entendu ? Ce gars-là doit être au lycée et il dit vous faisez au lieu de vous faites !

Les copains ont essayé de sourire, mais ils étaient tous un peu gênés pour moi. J'ai prétexté qu'il était tard pour pouvoir m'échapper. Tout le monde savait que je passais mon temps dehors, que je pouvais traîner jusqu'à pas d'heure sans que personne chez moi ne s'en inquiète, mais je n'ai pas trouvé d'autre excuse.

La journée avait été presque parfaite.

Jusqu'à ce que Samir vienne s'occuper de ma vie. Jusqu'à ce que la douleur me rallie à lui.

Je suis rentré précipitamment. Je me suis assis sur le canapé, attendant la sanction. Samir est arrivé quelques minutes après. Il s'est posté devant moi. Je me forçais à fixer le sol. Je connaissais les règles. Je ne devais pas le regarder dans les yeux. J'ai mis mes bras sur ma tête pour me protéger.

— Qu'est-ce que tu fais ? Lève-toi.

J'attendais une pluie de coups.

— Regarde-moi.

J'ai levé les yeux au niveau de son torse.

— Regarde-moi !

Ses yeux n'étaient pas des yeux, mais des petits bijoux de haine.

— Alors comme ça tu vends des fleurs. T'es fleuriste ?

— Non.

— Alors pourquoi tu vends des fleurs ?

J'aurais pu écrire la suite. Mais il fallait répondre.

— Pour…

— Ta gueule ! J'ai pas compris, pourquoi tu vends des fleurs ?

— Pour…

Il a fait semblant de vouloir me frapper.

— T'es un pédé. T'as le droit d'être un pédé, mais je veux pas que tu ailles voir mes copains. Je veux pas que mes copains croient que je suis le frère d'un pédé. T'as compris ?

J'ai hoché la tête.

— Dis-le !

— J'ai compris.

— Dis que tu es un pédé.

Je continuais de hocher la tête. J'aurais pu avouer n'importe quoi.

— Dis-le !

— Je suis un pédé.

— Je le savais.

Il a fait semblant de vouloir me frapper.

— Mais non, je frappe pas les pédés moi. Allez viens, on va faire un tour.

Il a passé un bras autour de mes épaules. Nous sommes sortis de la maison. Un gamin de 5 ans qui habitait en face de chez nous était planté sur le trottoir. C'était une petite terreur élevée dans une famille de bourgeois. Ses frères et sœurs avaient huit ou dix ans de plus que lui. Il était une sorte de mascotte à qui tout était permis.

— On va où ?

— Ta gueule.

Samir m'a attrapé le poignet et j'ai su que j'allais encore devoir faire appel à mon imagination pour me tirer d'affaire. Il m'a fait une clé de bras, me forçant à m'agenouiller. Le gamin ne bougeait pas d'un cil, ne disait pas un mot, il attendait le feu vert avant d'entrer en scène. Samir m'a plaqué au sol, un genou entre mes omoplates. Une main maintenait ma tête sur le trottoir, je sentais le grain des graviers s'imprimer sur ma joue.

— Vas-y, a dit Samir au gamin.

Il a commencé à me donner des coups de pied, sans grande conviction.

— Continue, et plus fort.

J'ai fermé les yeux, ma forêt est apparue. J'avais une entrée secrète, et aucun lynchage ne pouvait m'en interdire l'accès. La violence m'obligeait à me soustraire au réel. Derrière mes paupières, tout était très clair. La lucidité de ceux qui échappent aux tyrans. Samir pouvait s'épuiser à me battre ou me faire battre, je n'étais pas décidé à obéir à cette violence. Combien ont commencé à écrire en prison ? Combien ont senti la matière de la création pousser en eux et devenir un organe supplémentaire ? Combien ont réussi à tirer leur être du néant ? À cette époque, j'échappais à mon frère sans l'aide des mots. Je me réfugiais, en pensées, dans les lieux amis, je leur confiais mes sens. Mes genoux écorchés, mes vertèbres meurtries, les ecchymoses sur mes cuisses n'étaient pas de taille face à cette autre interprétation de la vie qui s'exprimait en moi grâce à ces puissances de l'esprit.

Ainsi, pendant que des pieds malmenaient mon corps, des images rassurantes naissaient dans ma tête, comme le domaine des géants bleus, ces hauts sapins qui faisaient comme une haie d'honneur de part et d'autre du chemin menant au cœur de ma forêt. Personne, pas même Samir, ne pouvait m'atteindre là-bas.

— C'est bien petit, tape dans les couilles.

Je ralentissais sur ce chemin pour m'imprégner de l'odeur de sève et de bois brûlé. Je prenais un bain de sève. Je ne perdais pas de vue pour autant le but de mon voyage.

— Toi aussi, viens t'amuser. T'as déjà frappé quelqu'un ? Non ? Eh bien vas-y, entraîne-toi !

Soudain, j'ai entendu un grognement dans mon dos. Je me suis retourné : rien. J'ai accéléré le pas. Je ne risquais rien ici. Les bois ne m'avaient jamais déçu. Mais les grognements persistaient et se rapprochaient. J'ai trottiné sans paniquer, je savais où aller.

— Alors sale pédé, tu veux toujours vendre des fleurs ?

À une cinquantaine de mètres, après le massif de houx, se trouvait le saut-de-loup, une sorte de rempart qui servait à préserver le gibier des attaques des prédateurs. Merci Mathias pour cette information qui m'a permis, ce jour-là, de ne pas perdre le fil de mon histoire et d'échapper au pire.

— Réponds !

Une gueule nauséabonde soufflait sur mes mollets. Mon estomac a chaviré mais je sentais une force grandir en moi. Une force à laquelle j'étais le seul à croire. J'ai pris mon élan et mon corps s'est presque envolé au-dessus du muret, comme dans les meilleurs rêves. Les ténèbres froides stoppées dans leur progression. Elles n'avaient pas d'emprise sur ma fantaisie. Leurs misérables crocs se refermaient dans le vide. Je les défiais du regard, sans aller jusqu'à les provoquer d'un sourire. Je le gardais pour les grands événements. Gagner une bataille contre les ténèbres n'en était pas un. Cela tombait sous le coup de l'évidence. Bref, j'étais arrivé de l'autre côté. J'étais chez moi.

— Tu veux pas répondre ? Vas-y, crache-lui sur la gueule.

Le vent s'est levé. Le faîte des arbres tanguait sous les bourrasques. Le temps tournait à l'orage. Je n'étais plus très loin du tertre. Je me suis mis à courir le plus vite possible et j'avais l'impression de battre des records de vitesse.

— Toi, va chercher de l'herbe. On va lui apprendre à se taire.

Je me suis faufilé derrière une muraille de ronces. Elle camouflait l'entrée de la grotte où vivait mon ami Chiluk-ki – un Indien dont j'avais lu les aventures quelques mois plus tôt. Il avait dû allumer un feu car je sentais la bonne odeur du bois qui flambe, ainsi que le subtil fumet des châtaignes grillées.

— Mange petit mouton, mange. Mange ! Ah oui, c'est vrai, ce que tu aimes, c'est les fleurs. Toi, va lui chercher des fleurs.

Personne ne savait depuis combien de temps Chiluk-ki vivait ici. En vérité, j'étais le seul à le connaître et par conséquent personne d'autre que moi ne pouvait lui poser la question. Chiluk-ki n'avait pas de visage, pas de voix, pas d'âge, pas de parents. Je n'avais jamais pensé à lui demander ces précisions. L'important était qu'il soit présent à chaque fois que le temps virait à l'orage. Il ne devait son nom qu'à moi, et de mon côté du rêve, je lui devais bien des choses en retour.

— Mâche bien, et avale.

Chiluk-ki me tendit une poignée de châtaignes. Leur peau était fendue en une délicieuse cicatrice, pleine de promesse. Mon ami était une sorte d'ermite sans paroles. Il connaissait un tas de langages et s'exprimait aussi facilement avec les mains qu'avec des bouts de bois, des dessins sur le sol, des danses ou une poignée de châtaignes, avec laquelle il me souhaitait la bienvenue. Jamais aucun son ne sortait de sa bouche et cela me convenait parfaitement.

— Alors, ça va mieux, bâtard ?

Je rêvais de mots qui n'obéissent plus à personne.

— T'as plus faim ? Qui est ton maître ?

L'heure était venue de faire disparaître Chiluk-li. Il m'avait apporté une aide précieuse et ne pouvait plus rien pour moi. Je le saluais d'un geste solennel de la main. Je lui offrais aussi mon plus beau sourire.

— Pourquoi tu souris, sale pédé ? Réponds !

Dans le monde qu'on me forçait d'habiter, il n'existait pas de saut-de-loup pour me protéger des attaques de Samir. J'étais son gibier permanent.

— Je vais le dire à papa, ai-je fini par lui balancer en crachant des brins d'herbe.

— Quoi !

— Je vais le dire à papa.

— J't'ai déjà dit que c'était pas ton père. Sale bâtard !

Je n'employais le mot papa que pour le faire enrager. Le reste du temps, ce mot ne m'était d'aucune utilité. Samir pouvait me faire battre par tous les mioches du quartier, me faire manger tous les chardons possibles, il n'avait aucun pouvoir sur cette vérité : nous étions sortis tous les deux des mêmes bourses. Tortionnaire et cueilleur de fleurs portaient le même nom.

Cette fois, il a daigné se salir les mains et m'a assailli de coups.

Je crois que Samir ne supportait pas la vitalité de mon monde intérieur. Sur ce plan, nous n'avions pas la même hérédité. Samir ne supportait pas de me voir jouer, inventer des histoires, bricoler avec mon couteau suisse, avoir une vie d'enfant. Il prenait un plaisir sadique à subtiliser les objets qui comptaient pour moi et nourrissaient mon esprit. Il les souillait de merde, les mettait hors d'usage et les abandonnait dans un endroit où il m'ordonnait d'aller sans me dire pourquoi. Il m'y accompagnait et lorsque je découvrais mes trésors anéantis par sa bêtise, il jouissait de mon visage catastrophé.

— Dis-le que t'es un bâtard !

Et pendant que de nouvelles baffes tombaient, je pensais : je suis Huckleberry Finn. Je suis Nils Holgerson. Je suis Jim Hawkins. Je suis tant d'autres à venir. Malgré tes poings et tes insultes, je reste inatteignable.

Samir me poussait toujours plus loin vers les terres lointaines de l'abstraction. Je me retranchais à l'intérieur de mon corps. En tentant de me faire disparaître, il me détruisait en même temps qu'il me rendait vivant.

Montsoult, 1989

C'était un dimanche d'été. Une fois de plus j'étais seul et perdu au milieu de ma famille. Je m'abîmais les yeux sur le grain de la chaussée, j'y cherchais des formes, des visages, des réponses. J'occupais mon esprit pour éviter de penser au moment où apparaîtrait le danger. Une partie de moi n'existait que dans les griffes de Samir.

Ce dimanche, donc, il y avait plus de voitures que d'habitude dans le lotissement. Des gens avaient été invités à un barbecue. D'autres étaient venus honorer le rite du déjeuner dominical. Une famille venait fêter un anniversaire. Un couple et leurs deux enfants. Leur fille portait un cadeau volumineux, ses bras n'en faisaient pas le tour. Elle se tenait bien droite, fière de sa mission. Un autre couple s'est embrassé longuement avant de sortir de leur voiture pour rejoindre l'anniversaire. J'enregistrais chaque détail de ce tableau sans ombre apparente. Je voulais les toucher ces gens parfaits. De quelle histoire sortaient-ils ? De sombres pensées naissaient en moi en voyant cette petite, tout en elle m'accablait : sa robe impeccable, ses cheveux trop bien en place et sa petite tête d'ange. Je voulais lui crier : Prends mes parents ! On verra combien de temps ta joie pourra y résister. J'aurais voulu échanger son regard contre le mien. Combien de temps son sourire aurait tenu contre la noirceur du goudron chaud ? On allait l'accueillir dans une maison qui n'était pas la sienne et on allait tout faire pour qu'elle se sente comme chez elle, protégée et entière. Combien d'années aurait-elle tenu dans une maison vide ? Cette petite fille ne pouvait rien contre ces pensées et moi non plus. Il était vital que ce mauvais sang coule sur quelqu'un.

Son père est ressorti peu de temps après pour fumer deux cigarettes. Il m'a fait un signe de la main. Je ne lui ai pas rendu son geste. Il a insisté et m'a dit bonjour. Je ne lui ai rien répondu. Je restais là à l'observer. À force d'être seul, les autres me faisaient souvent l'effet de vivre derrière une paroi vitrée. Sa considération me heurtait. Ses joues légèrement rosées. Sa bonne humeur que rien ne semblait pouvoir entamer. Ses vêtements d'une qualité supérieure à la moyenne. Ses gestes maîtrisés. Son sourire. Cet enthousiasme à me saluer, moi le cloporte, qui attendait tout cela d'un autre homme. Comme il devait être porté par l'euphorie de la journée, que la tristesse d'un jeune garçon ne pouvait pas l'atteindre, il a continué de me sourire.

Malgré mes efforts pour ne pas lui rendre la pareille, son regard s'attardait sur moi. Il ne m'avait pas seulement perçu comme un élément du décor. Il m'avait vu. Il m'avait réellement vu. Si je m'étais écouté, je me serais levé d'un bond, j'aurais foncé vers lui pour écraser mon visage contre sa poitrine. Il n'aurait même pas été obligé de m'étreindre. Il aurait pu rester raide et froid, je me serais contenté du mur de sa présence. Il m'a encore dit trois mots que j'ai ignorés. Il a froncé les sourcils, puis a disparu. Il a dû me prendre pour un demeuré.

La rue est redevenue vide et silencieuse. Je m'amusais à attraper des sauterelles et à les coller sur le bitume fondu. J'avais envie de mettre le feu à la maison du voisin que j'entendais barboter bruyamment dans sa piscine gonflable. Le lierre était tout sec sur le grillage, une seule allumette et tout s'enflammerait, le gamin se tairait, il perdrait sa maison, au mieux son chat, au pire un parent et je trouverais enfin quelqu'un de plus malheureux que moi. Je voulais me téléporter dans une autre rue. La gare n'était pas loin. Et si je fuguais ?

Vers 13 h 30, j'ai commencé à avoir très faim. Tout le monde était occupé dans la maison. Mon père devant la télé, les garçons végétaient dans leur chambre, les jumelles s'étaient barricadées dans la leur pour parler de leurs amours. Seule ma mère s'activait pour les autres, elle bricolait un repas avec des restes dans la cuisine. Mon ventre gargouillait ; je l'ai relancée pour la troisième fois. Elle m'a engueulé, m'a dit qu'elle n'avait que deux bras. Que ce n'était pas Dieu possible d'avoir des enfants pareils, que *le repas sera servi quand il sera servi*. Je me sentais comme une mouche qu'on chasse d'un plat.

Ma mère faisait de son mieux pour élever six enfants et satisfaire un mari indolent, se courbant pour les uns et les autres de manière égale, s'usant la santé pour que nous ayons du linge propre, une maison tenue, un repas nourrissant, sans jamais se plaindre. Elle savait organiser un foyer depuis l'âge de 12 ans et n'avait plus quitté ce rôle depuis. Elle s'oubliait la plupart du temps pour tenter de combler les manques, pour maintenir un semblant d'unité, mais qu'en savais-je à l'époque ? Ce que je voyais moi, c'est que ma mère s'arc-boutait pour les enfants d'une autre. En grandissant, je supportais de plus en plus mal cette équité de traitement, d'autant que j'entendais régulièrement Samir tenir des propos hostiles contre ma mère, la répudiant comme la première nourrice venue. Je souffrais de ne pas être mieux aimé d'elle alors que je sortais de son ventre. J'étais capable de lui rendre l'amour qu'elle dilapidait pour cet ingrat de Samir. Ma mère se donnait tant de mal pour les autres qu'elle m'obligeait à réclamer son attention avec insistance, à ajouter de la contrariété à la lourdeur de son quotidien.

Je suis donc retourné m'asseoir sur le trottoir en me disant qu'une voiture ferait peut-être une embardée. J'entendais des voix indistinctes s'élever des jardins clos par des haies de troènes. Elles étaient enjouées et me vrillaient les tympans. La rue surchauffée ressemblait à la vallée de la mort. Mon ventre faisait des siennes.

J'ai décidé d'aller frapper à la porte de la maison de Mathias. Sa mère m'a ouvert. Je ne lui ai pas dit bonjour, je ne lui ai pas laissé le temps de me demander ce que je voulais. Je lui ai lancé que j'avais faim, que chez moi on ne voulait pas me donner à manger. Ça m'a soulagé de dire ça, en même temps que la honte mettait le feu à mes joues. La mère a grimacé, c'était dimanche, le jour de la famille réunie. Elle m'a dit d'entrer. Mathias était tout content de me voir. Il s'est installé à mes côtés dans la cuisine et n'arrêtait pas de parler pendant que sa mère réchauffait des restes au micro-ondes. Il était très prévenant, allait me chercher une serviette ou un morceau de pain. Il me proposait de passer l'après-midi avec lui et me déroulait le programme qu'il avait établi avec une rapidité incroyable. Lui aussi se sentait seul. Je me jetais sur la nourriture et ne l'écoutais que d'une oreille. J'essayais de m'imaginer vivre dans cette famille. Mais Mathias ne voulait pas se taire. Tiens, je te prête ma serviette si tu veux. Dépêche-toi de finir, comme ça on pourra aller jouer dans ma chambre. Je te prêterai mes Playmobil. Et plein d'autres phrases qui ne faisaient que me rappeler que je n'avais rien, que je n'étais que de passage, que cette débauche de gentillesse serait bientôt anéantie par un retour dans la nasse. J'ai profité que Mathias aille aux toilettes pour disparaître.

Quand je suis revenu dans ma rue, des enfants piaillaient devant les descentes de garage, tout heureux d'avoir eu un bon de sortie de table. Mes frères et leurs copains organisaient une partie de foot. C'était le fils du dentiste qui fournissait le ballon, neuf et en vrai cuir, rien à voir avec la balle pelée que mes frères se renvoyaient depuis des lustres. Nous habitions un lotissement où étaient concentrées des familles de classes moyennes en majorité. La nôtre faisait illusion. De l'extérieur, la maison ressemblait à toutes les autres. En réalité, elle ne valait pas mieux qu'une façade de saloon à la grande époque des studios de *Cinecittà*. Derrière les murs, ça manquait de chaleur et d'imagination. Tout était bon marché, les meubles, les dentitions, les vêtements, les sentiments, la nourriture, les regards, les couvertures, le gel douche, les sourires.

Je les observais de loin, je priais pour que mes os poussent plus vite et atteignent une taille acceptable à leurs yeux et qu'ils acceptent enfin de me laisser intégrer une des équipes. Je n'étais pas mauvais balle au pied et surtout, j'étais inépuisable. Samir m'avait appris à courir longtemps pour lui échapper. Je n'avais pas peur de coller aux basques des grands. Une vraie teigne. Mais je restais celui qui se faisait frapper par des mioches de 5 ans. Le magistral pédé. La rumeur avait agi en prise rapide, comme le béton coulé aux pieds des gêneurs. Samir avait scellé mon histoire. Alors je n'étais pas près d'être choisi par les capitaines. Qui aurait voulu d'un pédé dans son camp ?

Cela ne m'empêchait pas de progresser. J'apprenais les gestes techniques par l'observation. Je remarquais les erreurs de placement, de marquage et les petits trucs pour déstabiliser l'adversaire.

Soudain, sans raison apparente, Samir a envoyé le ballon en touche. Assez fort pour qu'il traverse la rue et finisse sa course sous une BMW. La voiture du type qui s'était évertué à me saluer. Il n'a pas laissé le temps aux autres joueurs de s'interroger sur son geste, et a filé récupérer la balle. Je savais moi, qu'il faisait rarement d'efforts superflus. Je le surveillais donc attentivement. Il avait l'air plus intéressé par l'intérieur de l'habitacle de la BMW que par le ballon. Dix minutes plus tard, même cinéma, Samir expédiait le ballon au même endroit. Protestation des joueurs qui ont néanmoins profité de ce temps mort pour se désaltérer. Couvert par la confusion qu'il venait de créer, Samir a passé un bras par la fenêtre passager restée ouverte. D'un mouvement sec, il a saisi quelque chose sur le tableau de bord.

Une demi-heure plus tard, le haut-parleur du camion de glaces Pelayo a sifflé la fin du match. Un air de boîte à musique reconnaissable entre mille qui faisait se disperser les gosses en un rien de temps. Ils se précipitaient chez eux pour demander de l'argent à leurs parents et se payer un cornet. En plus des glaces, le monsieur vendait des bonbons et des graines de tournesol. Il passait toute la semaine vers 17 h, quand nous étions tous rentrés de l'école. Les samedi et dimanche, un peu plus tôt. Je fouillais souvent la maison pour récolter quarante ou cinquante centimes tout au plus. Je n'avais jamais le bon montant mais le monsieur me disait toujours : *le compte est bon,* avant de faire disparaître la monnaie dans sa caisse. Il me faisait un clin d'œil et préparait mon cornet à une boule en sifflant. Tous les gamins étaient importants à ses yeux.

Ce jour-là, je suis resté assis sur le trottoir. Samir discutait avec le vendeur. Il est revenu avec deux glaces et m'en a tendu une. Il a souri, mais son visage ressemblait à une mauvaise blague. J'ai voulu prendre le cornet qu'il me tendait mais Samir l'a écarté de ma main.

— Pas tout de suite. Avant, tu dois me rendre un service.

Il a regardé derrière lui, puis il m'a tendu un portefeuille en cuir.

— Tiens, c'est pour toi.

— Qu'est-ce que c'est ?

— Un cadeau. Mais tu dois le dire à personne, t'as compris ?

— Oui.

— Maintenant, mange. Et tais-toi.

Cela faisait bien longtemps qu'il n'avait plus besoin de me le préciser.

Après avoir englouti ma glace, je suis rentré à la maison. Rester assis au soleil m'avait donné mal à la tête. Je suis allé m'installer dans mon placard pour échapper à la lumière.

Un peu plus tard, on a sonné à la maison. Des voix se sont animées. Notre père a appelé mes frères. Les jumelles n'étaient pas là. Samir parlait très fort, plus fort que les adultes. Il se défendait des pires accusations avec sa véhémence coutumière.

On a fini par m'appeler aussi. Mon père et mes frères étaient sur le perron, en face d'eux, l'homme à la BMW s'impatientait.

— C'est toi qui as le portefeuille ? a demandé mon père sans préambule.

Je n'ai pas fait l'erreur de regarder Samir. Je n'ai pas cherché à mentir non plus.

— Oui.

Mon père s'est mis à hurler et à me tordre le bras. L'homme à la BMW a changé d'attitude et d'expression. Il a eu peur que je finisse en charpie. Il ne pouvait pas savoir que mon père essayait de faire bonne figure.

— C'est bon, pas la peine de lui faire mal. Je veux juste récupérer mon portefeuille.

Je l'avais gardé sur moi, il dépassait de ma poche. Mon père l'a pris et l'a donné au type qui n'a pas attendu la fin des excuses de mon père. Il m'a juste regardé, désolé de ne rien pouvoir faire pour moi.

J'ai été privé de dîner. Mes parents n'ont pas cherché plus loin. Comme s'ils étaient lassés de mon comportement et qu'ils venaient de classer une énième frasque. Or, mon casier judiciaire familial était vierge. Tout ce qu'on pouvait me reprocher, c'était justement de ne pas faire assez de bêtises pour mon âge. Cela ne les a pas interpellés que d'un coup je m'improvise voleur à la tire.

On connaissait si mal ses enfants dans cette famille qu'on finissait par les confondre.

*

Mon année de CE2 s'est achevée sur cet exploit. Juillet avait débuté pour ne plus finir. Je redoutais les vacances scolaires car elles m'obligeaient à passer davantage de temps à la maison, à me terrer comme une bête en territoire hostile. Cette journée n'avait été que le préambule d'une autre plus cruelle encore. Les ennuis ont retrouvé ma trace dès le deuxième jour des vacances. J'étais à quatre pattes sur le terrain où les grands jouaient au foot, le nez au ras de la pelouse à la recherche d'un trèfle à quatre feuilles. Du coin de l'œil, j'ai vu arriver Samir et ses amis. Je me suis levé d'un bond pour détaler dans le sens opposé.

— Hé ! Où tu vas ?

Je ne me suis pas retourné, l'esprit tout à ma fuite. J'ai foncé vers le verger abandonné où tous les gosses du quartier allaient dépouiller les poiriers et les mirabelliers. Je me suis faufilé sous le grillage et me suis écorché le dos dans ma précipitation. Je savais que mes poursuivants mettraient plus de temps à passer par ce trou. Une fois derrière le grillage, j'ai jeté un coup d'œil pour voir où ils en étaient. Samir trottinait pour me rejoindre, il portait un sac de sport en bandoulière qui semblait lourdement chargé, un bruit métallique ponctuait son déplacement. Il était suivi par le fils du dentiste et par son copain à la dent cariée. J'ai grimpé dans l'arbre le plus touffu espérant que le treillis des branches leur donne du fil à retordre.

— Putain mais t'es pas bien toi ! Pourquoi tu te sauves ? Je t'ai encore rien fait.

C'était là que résidait son pouvoir sur moi. Je me disais aussi que les coups de ses copains feraient plus de dégâts que ceux des mioches du quartier. Ils ont passé le grillage et se sont plantés au pied de l'arbre.

— C'est bon, descends, on va rien te faire.

— On n'est pas méchants, a dit Dent cariée.

Il avait aussi le nez écrasé, ce qui lui donnait une voix de canard ridicule. Le fils du dentiste ne disait rien, il avait ramassé une branche et la cassait en petits bouts. Il semblait très nerveux.

— On a besoin de ton aide, a dit Samir.

Il pensait vraiment m'avoir aussi facilement.

— Tu t'es bien comporté avec le portefeuille. J'ai confiance en toi maintenant.

Sûr que j'avais payé pour lui.

— On a une mission super importante pour toi, a fait Dent cariée.

— C'est bon on se casse, on n'a pas besoin de lui, a dit le fils du dentiste.

— Si, on a besoin de lui, l'a rembarré Samir.

— Putain, on avait un plan. Pourquoi tu veux l'emmener ?

— T'as pas de frère, tu peux pas comprendre.

En entendant ses mots je suis descendu. Je n'aurais jamais osé prétendre être un frère pour lui. Tout juste espérais-je qu'il m'oublie de temps en temps, rien de plus. Mais là, les mots avaient l'air sincère. Sa façon de les prononcer, de les opposer à son ami, tout me poussait à baisser la garde. Samir m'a pris par l'épaule.

— Tu vas faire tout ce qu'on te dit sans poser de question. T'as compris ?

— Oui.

Nous sommes allés tous les quatre à l'autre bout du lotissement. C'était assez calme, de nombreuses familles s'étaient lancées sur les routes des vacances depuis plusieurs jours. Samir jetait régulièrement des coups d'œil sur sa montre. Nous sommes entrés dans le jardin d'une maison dont les volets étaient clos, comme ceux des deux pavillons mitoyens. Des conditions idéales. Dent cariée restait en retrait, les yeux rivés sur la route pour couvrir nos arrières. Samir a fait passer le sac sur son ventre, l'a ouvert prestement et en a sorti une pince monseigneur. En quelques secondes, il a fait sauter le cadenas de la porte grillagée qui barrait l'accès au jardin et à l'arrière de la maison. Ces trois-là avaient entre 15 et 16 ans et se comportaient comme des professionnels de l'effraction. J'étais en état de sidération, mon frère a été obligé de me pousser pour me faire avancer. Mon cœur battait à tout rompre et j'étais pris de tremblements. Dent cariée a refermé la porte grillagée derrière lui. À partir de ce moment, ils n'ont fait que chuchoter. Mon frère s'est penché à mon oreille :

— Tu vas surveiller l'entrée. Dès que tu entends quelqu'un tu nous préviens.

Il a plaqué une main sur ma bouche pour que je comprenne qu'un seul mot de ma part ferait pleuvoir les coups. Mais il ne pouvait pas se douter à quel point je prenais ses ordres pour des marques de confiance. Je n'en étais pas encore à me dire que ce qui se passait était interdit par la loi. La loi n'avait pas de place entre nous.

— À toi, a-t-il dit à Dent cariée en lui tendant un pied de biche.

Celui-ci s'est mis à sourire, il n'attendait que ça. Le fils du dentiste trépignait et regardait dans tous les sens. Dent cariée s'est appliqué à dégonder les volets de la porte-fenêtre. Le jardin était clos de haies très denses, il donnait sur un chemin peu fréquenté. La seule source d'ennuis pouvait provenir de l'endroit que je devais surveiller. M'investir d'une telle mission prouvait bien que Samir avait de l'estime pour moi, sa manière de l'exprimer n'était pas claire, plutôt tordue même, mais je ne lui en voulais pas plus que ça pour une fois, je savais que dans notre famille on se débattait comme on pouvait avec l'expression des sentiments.

Une fois le volet dégagé, Dent cariée a rejoint Samir qui s'était allongé sur le flanc dans la pelouse pour admirer la dextérité de son complice. Il avait un brin d'herbe coincée entre les lèvres. Le fils du dentiste ne tenait plus en place, on l'aurait dit pris d'une terrible envie d'uriner. Je ne comprenais rien à ce qui se passait mais je savais que c'était très grave. Samir regardait de plus en plus souvent sa montre. Ma concentration échappait par moments à l'effort excessif que je devais fournir pour tenir mon rôle. Je me voyais déjà en prison. Pire, je craignais le jugement de mes copains. S'ils apprenaient à quel projet j'avais participé, ils me tourneraient le dos immédiatement. Nous n'avions que 10 ans mais notre sens de l'honneur était bien plus fort que celui des trois crapules pour qui je faisais le guet.

Soudain, Samir s'est redressé et a bondi sur ses jambes. Il a levé le nez au ciel. Le bruit sourd d'un avion s'est fait entendre. Il a pris une massette ronde dans le sac.

— Où tu l'as eue celle-là ? a demandé Dent cariée.

— Chut !

— Où tu l'as eue ? a-t-il répété un peu moins fort.

— C'est Pinto qui l'a piquée à son père.

Dent cariée s'est marré. Je n'osais pas trop me retourner pour voir ce qu'ils fabriquaient. Je m'étais légèrement décalé pour les scruter du coin de l'œil. Ils tenaient salon comme s'ils menaient une opération de routine et ne risquaient rien en retour. Seul le fils du dentiste semblait ailleurs.

Montsoult était survolé par les avions en provenance de l'aéroport de Roissy. À l'époque, le trafic aérien était moins dense et l'on pouvait facilement tenir le compte de leur passage. Samir a protégé sa main avec un chiffon, s'est saisi de la massette et a fracassé le simple vitrage pile au moment où l'avion faisait le plus de bruit au-dessus de nos têtes. Je découvrais qu'en plus des poings, Samir savait manier la massette ronde des maçons.

À partir de ce moment-là, je n'ai plus du tout tenu mon rôle. Une fois qu'ils se sont introduits dans la maison, je me suis approché pour voir à l'intérieur. J'ai assisté à une débauche de violence. Ils n'étaient pas seulement venus pour dérober des bijoux et de l'argent, car une fois le butin réuni, ils ont pris le temps de tout saccager. Le fils du dentiste était le plus actif, je comprenais la source de son impatience : le vol ne l'intéressait pas dans cette histoire, lui, il était là pour vandaliser. Il prenait un réel plaisir à vider les bouteilles d'alcool sur les murs et les tapis. Il expliquait aux deux autres comment *niquer un beau meuble*. Il enduisait le cul d'une bouteille de colle extraforte et la déposait sur un buffet. *Le connard qui va vouloir retirer la bouteille va bousiller le bois !*

Samir est allé à l'étage. Dent cariée s'est enfermé aux toilettes. Il est réapparu deux minutes après. Il avait chié dans un plateau en argent et barbouillait les murs avec ses excréments. Le fils du dentiste était à deux doigts de s'étouffer de rire. Samir est revenu, il s'est dirigé vers le jardin. J'ai vite repris mon poste. Il m'a tiré par la manche et m'a fait entrer dans le salon dévasté. Il a pris des cadres photos qui trônaient sur le buffet et les a déposés sur le sol.

— Pisse dessus, m'a-t-il ordonné.

C'est une des pires choses qu'on m'ait obligé à faire. Je connaissais les propriétaires. Leur fille était en CM1 dans mon école. J'ai éclaté en sanglots. Je pensais au retour de ces gens. Au désastre qu'ils découvriraient en rentrant de vacances, aux bons moments passés en famille balayés en quelques secondes. Après cela, je n'ai plus réussi à regarder cette fille. Nous étions dans une petite école, nous étions obligés de nous croiser. Le jour de la rentrée, lorsqu'elle est passée à côté de moi, je me suis dit qu'elle allait m'interpeller et prendre toute la cour à témoin : *C'est lui qui a saccagé ma chambre et qui a pissé sur mon portrait !* Durant de nombreuses semaines, à chaque fois qu'on se retrouvait au même endroit dans la cour, j'avais un pincement au cœur. Je n'arrivais pas à me sortir de la tête que Samir et ses amis lui avaient arraché un bout de son innocence. Ils avaient fait entrer la violence dans sa maison. Dans sa chambre. Dans sa tête. J'étais sûr qu'elle ne rentrait plus chez elle avec la même insouciance. Tout comme moi, depuis des lustres. Elle avait vécu, probablement pour la première fois, quelque chose d'inexplicable. Des créatures terrifiantes étaient venues hanter son petit monde paisible. Combien de temps a-t-elle gardé en mémoire l'image de ses poupées déchiquetées ? Il m'est arrivé souvent d'être réveillé en sursaut, par le cri strident de cette fille que je n'avais jamais entendu crier, ou par les faces hilares des monstres qui avaient profané le foyer d'une gamine et souillé le temps de l'enfance.

Je n'étais plus le seul à essuyer la fureur de Samir. Sa colère m'éblouissait. J'étais obligé de regarder le monde en cachette, de biais, de le scruter entre les interstices, d'observer les autres de loin.

Après l'épisode du portefeuille, Samir avait tenu à me signifier plus concrètement qu'il avait la mainmise sur mon existence. Je n'étais pas en mesure de m'opposer à lui. Toute volonté de lui échapper était vaine. Je lui appartenais. Notre lien se renforçait. Il devenait même plus fort que celui que je rêvais d'entretenir avec notre père.

ALGÉRIE, 1989

Ce même été 1989, le père a aidé Samir à me faire disparaître. S'il y avait bien une personne dont je ne me méfiais plus, c'était mon père. Toujours absent et indifférent à mon sort, à ma santé, ma scolarité, mon avenir ou toutes autres contrariétés.

Mon père a été un fantôme de chair et d'os que je croisais occasionnellement au moment des repas du week-end. C'était un homme sûr de lui en apparence qui nous tenait à distance pour ne pas se montrer sous son vrai jour. Il ne m'adressait la parole qu'en de rares occasions, pour me réprimander ou me donner un ordre. Je recevais ceux-ci presque avec joie, tant il m'ignorait le reste du temps. Je prenais très au sérieux tout ce qui sortait de sa bouche. Il ne me posait pas de questions et évitait que je lui en pose. Toute tentative de rapprochement était escamotée. Malgré tout, je faisais preuve de zèle pour le servir, pour être reconnu. Je guettais son retour et me tenais à sa disposition, espérant qu'un geste affectueux lui échappe. Les autres demi-frères et sœurs avaient abdiqué depuis longtemps, j'étais le seul à y croire encore. Voyant qu'il ne s'intéressait pas plus à moi qu'aux autres, j'ai pendant un temps espéré que les coups de Samir l'attendrissent suffisamment pour qu'il m'ouvre un peu ses bras. Je m'étais souvent plaint à mes parents des maltraitances de Samir. Mon père les évacuait par des paroles sibyllines et en minimisait les effets, même quand les preuves s'affichaient sur mon corps en hématomes et balafres. Comme ce jour où Samir m'a visé avec un stylo et que la pointe en métal s'est plantée quelques centimètres sous mon œil gauche. J'ai hurlé, pensant qu'il m'avait éborgné. Samir s'est approché pour constater que la blessure n'était pas si grave et qu'elle lui coûterait au pire une simple remontrance, puis il a quitté la pièce, me laissant accroupi, les mains plaquées sur mon visage, essayant de retenir mon sang. Les deux autres frères étaient présents mais n'ont pas réagi, ne voulant pas intervenir dans les affaires de Samir. Le sang avait coulé abondamment, j'étais paniqué. Je me suis relevé, les jambes flageolantes, pour récupérer du papier toilette afin de colmater la plaie. Je suis resté un temps interminable reclus dans mon placard, maintenant fermement le pansement de fortune en espérant qu'un jour tout cela s'arrêterait. Quand j'ai entendu le moteur de notre voiture, je suis sorti, j'ai dévalé l'escalier pour foncer dans les jambes de ma mère, puis dans celles de mon père. Je lâchais toutes les larmes que j'avais retenues pour leur retour ; elles m'empêchaient d'articuler correctement et noyaient mes explications dans un flot inintelligible. Je montrais ma pommette où le papier toilette avait coagulé avec le sang, dénonçais les actes de Samir, une fois de plus. Après mon récit, des secondes mortes se sont écoulées pendant lesquelles je reniflais, reprenant un peu de contenance, certain que cette fois je serais entendu et que ma tristesse parviendrait enfin à les toucher.

Mon père s'est agacé, m'a écarté de lui, a frotté sa veste de costume, écœuré par les traces de morve. À ce moment précis, je ne lui inspirais que de la répugnance ; je n'étais pour lui que plaie et humeur visqueuse. À cette époque, je croyais encore pouvoir l'émouvoir d'une manière ou d'une autre, et je pensais sincèrement que Samir était un allié, malgré lui, par sa cruauté.

T'en verras d'autres, m'a dit mon père avant de s'installer au salon avec son meilleur ami le whisky.

Ma mère a essuyé mes larmes, nettoyé la blessure, sans un mot plus doux, admettant par son silence qu'ici, dans sa maison, les enfants avaient devoir de souffrance.

Cette plaie témoignait pourtant de la violence que Samir portait en lui et que je porte encore sur mon visage. Quelles autres preuves lui fallait-il ? Je commençais à me détacher de ma mère, qui ne réagissait pas à mes alertes, calquant son comportement sur celui de son mari. Elle méritait ma colère puisqu'elle l'aimait, après tout.

Avant cet été 1989 donc, et hormis ces scènes pathétiques où je m'évertuais à attirer l'attention du père, je ne me souviens pas d'un événement que nous aurions partagé lui et moi et qui aurait marqué durablement ma mémoire. Je ne suis même pas certain qu'il existe une photographie qui nous réunisse. Sa main n'effleurait jamais mon front. Il ne recoiffait pas ma tignasse frisée d'un geste tendre. Mon père n'a jamais glissé sa main dans la mienne pour ne serait-ce qu'un voyage de quelques pas. Ainsi, j'ai cru au miracle le jour où mon père m'a appris que nous partions tous les deux en Algérie, sans autre explication. Je devais l'accompagner là-bas pour une fête donnée en mon honneur par mes grands-parents. J'étais partagé entre la joie et la peur. Joie d'être l'enfant élu pour ce voyage et peur de ce rapprochement si soudain qui faisait basculer ma vie dans le surnaturel.

Mon père avait passé son temps à tuer le pays natal, à étouffer toutes envies chez nous de nous rapprocher de nos origines. Il ne parlait pas l'arabe en notre présence, n'abordait l'Algérie que par des insultes et d'incompréhensibles références culturelles ou politiques ; des noms jetés dans l'air qui n'avaient même pas pour but de nous aiguiller. Je devais me contenter d'une Algérie à l'apparition ponctuelle, comme un mirage. C'est dans ces moments étranges qui m'échappaient que ses yeux s'éclairaient et que l'espoir me gagnait qu'il m'emporte enfin dans son histoire. Sa nostalgie le débordait et tournait souvent à l'aigre. Le reste du temps, il faisait autorité dans l'art de l'ellipse et de la contradiction. Depuis que Zina et Zaïd, mes grands-parents, étaient retournés vivre en Algérie, il n'avait plus à cacher les bouteilles d'alcool et les cendriers à la maison, et nous n'avions plus à faire la grimace lorsque Zina nous demandait si on mangeait du cochon.

J'ai donc été plus que surpris lorsque mon père m'a annoncé que nous partions. Près de dix ans après mon premier voyage là-bas, on me réclamait à nouveau sans que je sache vraiment pourquoi. Autre point troublant, j'étais seul à partir avec mon père. Pendant la traversée, il m'a appris entre deux silences que Zina m'avait donné un prénom arabe à la naissance : Habib. J'allais devoir porter ce prénom sorti d'un chapeau tout le temps où nous serons en Algérie. Il s'est mis à me réciter quelques phrases dans sa langue maternelle, que je devais mémoriser sans broncher. Zina et Saïd allaient être fiers de m'entendre parler leur langue. Si mes grands-parents étaient loin de pouvoir imaginer les agapes que leur fils organisait avec ses amis dans l'arrière-boutique de son pressing, ils n'étaient pas totalement dupes pour autant et se doutaient du genre de vie que nous menions en France. Alors Zina et Zaïd usaient de leur foi pour maintenir l'illusion d'un fils digne de leur vie modeste et pieuse.

Nous sommes arrivés dans le village de Zina et Zaïd, et j'ai constaté immédiatement que mon père venait de se garer dans le passé. À peine est-il descendu de voiture qu'il s'est métamorphosé, répondant aux exigences de la lignée. Il parlait arabe avec le débit d'une fontaine jaillissante, se prosternait devant sa mère, se répandait en louanges pour tenter de dégonfler le chagrin qui la rongeait depuis que son fils avait décidé de rester en France. Elle avait toujours pensé que mon père reviendrait auprès d'elle. Elle ne croyait pas en cette union avec une Française, c'est pour cette raison qu'elle l'avait tolérée. Elle avait réussi à l'éloigner de Khadija, elle se désespérait de le voir quitter la *gaouira*. Zina vieillissait avec le poids de cet exil qu'elle avait orchestré. C'était sa faute si son fils lui échappait. Mon père saluait un à un les enfants de son frère, les prenait même dans ses bras, sur ses genoux, célébrait la beauté de l'aînée, vantait l'intelligence du cadet et allait jusqu'au comble de la trahison, pour moi, en passant une main dans les boucles du benjamin qu'il rencontrait pour la première fois.

Je restais bouche bée. Ici, il semblait jouir d'un prestige qui le précédait depuis toujours. Il n'aurait même pas eu besoin de se plier à ces simulacres, se contenter d'être Mohamed l'aîné suffisait à éteindre toutes discordes. J'étais tenté de croire que mon père pouvait être cet homme qui se montrait aimant, attentionné, concerné, mais je l'avais tant connu en père fantôme que le doute m'obligeait à une certaine réserve. J'acceptais tout de même d'être pris dans ce tourbillon et me laissais choyer par cette famille algérienne. Après avoir attendu l'affection de mes parents et la trouvant d'emblée chez mes cousins, il était presque indécent de refuser qu'on me porte un quelconque intérêt. Je prenais tout : les modestes marques d'affection comme les plus démonstratives. Par exemple, ma tante usait de tendresse envers moi, et le soir en me couchant sous le ciel étrangement léger de l'Algérie, dans les effluves de lait fermenté, j'oubliais honteusement de penser à ma mère. Cette tante se pliait en quatre pour me faire entrer dans la lignée des cousins et exhortait ses enfants à me rendre le séjour agréable, mémorable.

Il le fut.

La fête dont m'avait parlé mon père était une cérémonie de circoncision. Zina et Zaïd avaient insisté pour que je sois purifié sur leur terre. Jusqu'à la veille, on avait continué de parler d'une fête, sans aborder sa finalité. Je voyais des parents, des amis venir des villes et villages environnants et pour certains de régions plus éloignées. Les dons de fruits et de légumes abondaient de toutes parts car Zaïd était très respecté ; il avait effectué le *hadj*, le pèlerinage à la Mecque. Des moutons et des veaux avaient été savamment préparés sur de grandes broches ; ils avaient saigné et geint pour moi, avant moi. Dans ces villages, on offrait pareillement ces victuailles pour les fêtes comme pour les deuils. Des cadeaux s'entassaient dans la pièce où un homme plus puissant que mon père allait me couper le prépuce. Au matin, mon père m'a pris à part pour m'annoncer enfin la raison de ce voyage inattendu. Avec une douceur inhabituelle dans la voix, il m'a annoncé le déroulement de la journée, allant jusqu'à mimer le geste des ciseaux avec ses doigts, comme s'il s'agissait d'une formalité, concluant même sa démonstration par ces mots : *Il faut faire plaisir à Zina et Zaïd.*

Je n'ai pas eu le temps de refuser, de m'enfuir, ni de crier. On est venu me chercher sitôt que mon père a eu fini sa présentation. On m'a passé une tenue ample. Des inconnus m'ont encerclé et accompagné vers le médecin par des danses et des chants enivrants, encouragé par des sourires effrayants, célébré sur des lèvres pleines de sucres. J'étais un don de prestige.

J'ai été humilié par mon père.

Une circoncision. Comme un sacrifice qui valait confession pour mon père, qui lui évitait d'avouer à sa terre natale : *Je suis celui qui a quitté le pays de ses parents, sa culture, qui a tenté de défaire ce nœud dans son cœur. Je suis celui qui voulait un autre destin mais qui n'a pas oublié le ventre de sa mère. Je suis celui qui ne rêvait que de départ, et une fois arrivé là où il croyait que sa légende l'attendait, s'est rendu compte que ce départ lui rongerait les sangs et celui de ses enfants. Je suis celui qui est revenu pour délivrer ses parents d'une attente intolérable. Et pour cela, je ne suis pas venu les mains vides.*

Cet été-là, mon père m'a offert à ses parents comme gage de sa lâcheté. J'ai dû en quelques semaines endosser tout ce qu'il avait tué en lui. J'ai dû changer de prénom et de langue. J'ai dû changer de corps. Un mutilé pour un autre.

Une partie de moi n'est jamais vraiment revenue de ce voyage.

Montsoult, 1989

Nous sommes rentrés deux ou trois jours à peine après *la fête*, j'avais encore le pénis enveloppé dans du tulle gras. Mon père semblait très satisfait de ce séjour et de l'effet produit sur ses parents. Il n'était pas obligé de retourner les voir avant un certain temps, et lorsque ce temps viendrait, tous là-bas auraient encore en mémoire le couscous fumant, le goût de la viande grasse, le triomphe de Mohamed et la docilité de son agneau. Il n'aurait plus à se justifier de rien. À part peut-être des minutes de convulsion et des larmes qui m'ont rempli ce jour-là.

À un moment, pendant le voyage du retour, mon père avait essayé de me faire réagir en agitant une épaisse liasse de billets de banque qu'amis et parents de Zina et Zaïd avaient réunis en mon honneur.

Tu es riche, dit-il comme si la seule chose qui me manquait pour être heureux était une couverture d'or.

Je souriais tristement pour lui faire plaisir.

Mon père avait déjà commencé sa longue chute dans les abysses de mon cœur.

Après avoir refait la réputation du père, je n'ai pas été quitte. À mon retour, j'ai dû me plier à la volonté de Samir qui a repris les humiliations avec un certain entrain. Il me surprenait dans la salle de bains, accroupi au-dessus d'une bassine, alors que je tentais maladroitement de trouver la meilleure position pour tremper mon sexe mutilé dans un bain d'éosine. Ma mère avait donné des consignes aux jumelles pour qu'elles s'occupent de moi en son absence. Mais une fois mes parents partis au travail, aucune d'elles ne voulait me soigner. J'étais assez grand, d'après elles, pour me débrouiller tout seul. Je ressentais même un certain dégoût dans leur voix, comme si j'étais responsable de ce qui m'arrivait. Leurs réactions ajoutaient de la honte à la souffrance qui me consumait déjà.

C'est donc sous l'œil inquisiteur de Samir que je me frottais, que je faisais tomber les croûtes, que je me familiarisais avec ce nouveau corps. Et pendant que j'essayais de penser à autre chose, il me posait mille questions sur mon séjour en Algérie, exigeait que je lui fournisse le maximum de détails. C'était la première fois que nous échangions autant. Je n'avais pas les mots. Personne là-bas d'ailleurs ne les avait eus. Samir ne me frappait plus. Il avait trouvé une autre manière de me malmener. Durant des semaines, il m'intimait, d'une voix placide, de lui répéter encore et encore le récit de ma douleur. Il me forçait à plonger tout vif dans cette scène où des ciseaux chauffés à blanc mettaient ma chair à nu. Tout me ramenait à cette différence que je tenais entre mes mains. Même dans le placard, entouré de mes héros, mes pensées étaient mutilées par cette vérité que Samir n'avait de cesse de me répéter : Ton père ne t'aime pas, regarde ce qu'il t'a fait.

Les semaines suivantes, je ne pensais plus qu'à ce que Samir m'avait révélé, nuit et jour.

Cela a duré plusieurs mois, puis Samir s'est petit à petit désintéressé de mes affaires. Mon malheur ne l'inspirait plus. D'autres projets allaient l'occuper. À cette époque, rien ne sollicitait son esprit, ni les études, ni ses amis, ni le sport. Il était entouré de fronts bas que rien non plus ne semblait pouvoir attendrir.

Après la classe de troisième, on avait demandé à Samir son choix d'orientation. Voulait-il poursuivre des études longues ou courtes ? Samir haussait les épaules depuis le premier trimestre. Et ce n'est pas à la maison qu'on pouvait l'aider à choisir. Quand le conseiller d'orientation avait sollicité nos parents pour connaître leur vœu, ces derniers s'étaient contentés de bafouiller qu'ils faisaient confiance à l'institution, laissant ladite institution décider à leur place. C'est ainsi que Samir a bifurqué vers l'enseignement professionnel.

En même temps qu'il passait une ou deux années en BEP vente-action marchande, Samir s'est essayé à la petite délinquance : vol à l'arrachée, à l'étalage, en bande organisée. D'un côté, il piquait une paire de Nike qui, dans sa tête, lui revenait de droit, de l'autre, il apprenait à finaliser une vente.

Samir trouvait plus d'intérêt dans la subversion et l'interdit. Ce BEP serait une sorte de couverture. En vérité, au moment de prendre à gauche vers le lycée, il prenait à droite, vers la gare. Il montait dans un train, sans billet, et découvrait toutes les destinations qu'offrait la Gare du Nord. Il a rapidement compris l'utilité de commettre ses larcins loin de la maison. Il piquait des baskets Air Max, des polos Lacoste, des bombers et les revendait à ses camarades hypnotisés par la mode des boutiques parisiennes. Il était assez doué et suscitait des vocations, notamment chez son jeune frère qui, à 14 ans, n'avait besoin d'aucun conseiller ni d'aucun vœu de la famille pour valider son orientation. Parfois, Samir tombait sur un vigile conciliant qui voyait en lui un petit frère que la majorité cesserait bientôt de protéger des sentences de la justice.

Comme Samir est un enfant qui s'exprime parfaitement et que, selon la formule en vigueur, son discernement n'est en rien altéré, le juge ne va pas chercher plus loin. Dans la défaillance des parents par exemple. On prend l'épisode pour un cas isolé. On ne se demande pas trop pourquoi cet enfant traîne dans les rues au lieu d'aller en cours. Et pourquoi la justice devrait-elle davantage se poser la question que ses propres parents ? Lorsque la police appelle dans la soirée pour leur annoncer que leur enfant est au poste, le père fulmine. Il reprend la voiture, qu'il a eu bien du mal à ramener à bon port tant ses yeux sont embués d'alcool. Il s'asperge le visage d'eau froide, réclame un café à la femme qui ne sait plus où se soumettre. Le scénario se répète inlassablement, le père joue les grands blessés. Son orgueil est mis à mal. Est-ce de sa faute si ses enfants ne sont pas capables de se prendre en main ? Ce sont des enfants gâtés, élevés dans l'une des cinq plus grandes puissances mondiales. Lui n'a pas eu cette chance. À 14 ans, il était berger. À 19 ans, il enseignait. À 21 ans, il se mariait. À 22 ans, il était père, enfin, disons plutôt qu'il devait supporter une charge supplémentaire. N'avait-il pas droit au respect et au repos ?

À la question, que faites-vous pour ramener votre fils dans le droit chemin ? Le père avait bien des difficultés à répondre. Par l'étendue de son silence, on croirait sa tâche titanesque. Rendez-vous compte, j'ai sauvé mes enfants de la *ghula* ! J'ai quitté mon pays que j'aime tant et si bien que j'ai préféré le tuer en moi. L'exil est un fardeau. Par-dessus tout, je dois maintenir l'illusion dans les yeux de Zina. Je suis l'unique ombre vacillante dans la caverne de son cœur. Pour un peu, la punition endurée par le géant Atlas passerait pour une partie de plaisir. L'homme compare sa paternité à une condamnation. Et plutôt que d'y faire face, il reste les bras croisés, déplie un bras de temps à autre pour porter un coup.

Le père sait pertinemment qu'il ne peut ni s'en prendre à la société, ni à l'Histoire, ni à personne d'autre que lui. Mais l'homme est incapable d'admettre qu'il doit déboulonner sa propre statue.

Il ne faudra pas que le père s'étonne le jour où un autre homme, plus attentif aux troubles de son fils, n'aura aucun à mal à percevoir le mal-être de Samir et ne manquera pas l'occasion, lui, de prendre en main son destin.

Avant cela, Samir a continué de contrevenir à la loi. Il n'y trouvait pas son compte, tout juste réussissait-il à dompter quelques pulsions. Pendant que la police s'occupait de son identité, mon frère ne contestait plus la mienne. Cette période de répit m'a permis de remiser temporairement mes peurs. Malgré les convocations au commissariat, au tribunal pour mineurs ainsi que les amendes de la SNCF, notre père restait de marbre. Il sortait le nerf de bœuf et laissait ses muscles exprimer ses visions éducatives. Mon père n'avait plus de religion, mais il avait développé son propre dogme : l'attentisme. Il croyait que son seul statut de père ferait naître le respect. Il pensait que les enfants apprendraient les règles comme par magie. Il laissait l'école se débrouiller pour nous enseigner les bonnes manières. Il paraissait serein, content de lui, quand tout allait à peu près bien, puis enrageait au moindre faux pas, comme si nous avions trahi des valeurs qu'il nous transmettait depuis notre plus jeune âge. Nous l'aurions aimé aussi généreux en conseils et confidences qu'en éructation et menaces. Ainsi, lorsque les gyrophares tournaient dans la nuit, devant le 28 rue Paul Rimet, notre père s'inquiétait davantage des commentaires des voisins que de savoir ce qui poussait son fils à prendre le chemin des bandits. Il ne semblait pas concerné par les causes de sa dérive. Il ne faisait des efforts que pour rectifier les conséquences de ces actes sur son prestige.

ANNABA, 1976

Khadija se perd en prières. Après une année passée sans nouvelles de ses enfants, elle sombre dans un deuil sans défunts. Elle est en exil dans une mémoire qui la met au supplice. Rien ne peut apaiser sa douleur. Le temps est impuissant. Son cœur ne peut se battre contre l'arrachement de ses entrailles. Le souvenir de ses enfants est impossible à éteindre, il palpite, il suppure, il brûle tout. Toute autre pensée est immédiatement saisie par la calamité de la situation. Le moindre vêtement, le moindre objet, la plus infime des traces laissées par ses enfants dans cette maison prison ravivent sa douleur. Elle ne désire plus rien d'autre que d'exister encore pour eux. Une idée la rend folle, que son visage quitte la mémoire de ses enfants. Que son nom finisse en évocation fugace. Un amas de sons qui n'agite plus le cœur.

Elle est capable d'attendre leur retour de longues années. Mais la reconnaîtront-ils sans sourciller ? Sera-t-elle assez forte pour supporter l'incrédulité de ses enfants lorsqu'elle se présentera à eux ? Elle ne survivra pas à la moindre hésitation de leur part. Elle est prête à rester figée dans ce qu'elle était avant que son mari ne la prive du reste de sa vie. Elle est prête à accumuler des années de privation. Mais survivra-t-elle au fait d'être considérée comme une chaleur ancienne ? Une source lointaine exclue des bouches, des yeux. Doit-elle cesser de vivre en mère ? Elle est seule dans cette nuit de questions. Elle prie Dieu de lui donner la force d'affronter toutes les vérités. Elle le prie avec une ferveur que peu lui témoignent. Elle le supplie de lui permettre de supporter l'intolérable.

Les mois passent et aucune parole ne vient, ni d'en haut ni d'en bas. Elle est seule, frissonnante, même quand le soleil écrase l'envie de mouvement. Elle refuse les visites, qui la déterrent, ne supporte plus la sanction d'un départ, qui l'ensevelit à nouveau. Elle a beau prier, la maison reste silencieuse, et son cœur vide. Khadija commence à comprendre, comme ne l'a pas encore écrit Ahmadou Kourouma, qu'*Allah n'est pas obligé*. Sans se détourner de lui, bien au contraire, elle cherche un moyen pour commuer sa peine.

Ses sœurs lui rendent visite. Les seules présences qu'elle accepte, sans pour autant les épargner, car pour Khadija, peu importe l'amour qu'on lui porte, il se heurte à la frontière de son chagrin. Son propre sang devient étranger. Elles la supplient de revenir parmi les vivants. Elle ne laisse pas le doute planer : *Ne me regardez pas comme une morte ! Ne venez pas me voir comme on vient voir le corps froid d'un proche.*

Ses mots sont incompréhensibles pour elles. *Ne venez pas réciter votre peine. Vous ne savez pas, vous ne saurez jamais quel mal je porte.* Elle sait qu'elles sont étrangères aux causes de sa douleur, mais c'est plus fort qu'elle, Khadija ne peut rien faire contre, elle se livre chaque jour entièrement à la solitude.

À force d'obstination, une de ses sœurs réussit à la convaincre de quitter sa chambre crépusculaire. Dehors, les médisants se lassent, car les mauvaises langues ont toujours besoin de sang frais. Elle peut de nouveau se montrer au monde. Qu'elle se drape de pudeur, qu'elle affronte la lumière du jour et qu'elle jette son regard au loin. Qu'elle fasse de la dignité son arme la plus tranchante, qu'elle rabatte les langues dans leurs gangues noires.

Alors Khadija sort. Marche. Elle s'arrache aux griffes du passé et avance. Sa tête a quitté le refuge de ses mains. Elle se hasarde tout d'abord dans des quartiers où sa honte indiffère. Elle se mêle aux mouvements de la rue, le tournoiement des corps entame l'immobilité de sa douleur. L'insouciance des conversations couvre le timbre gris de sa voix intérieure. Puis, saoule de toute cette vie qui bourdonne, elle s'accorde des haltes dans l'ombre des ruelles. Ses épaules s'allègent. Elle chuchote des prières pour elle-même, s'encourage. Elle se laisse distraire par l'odeur du thé à la menthe et des gâteaux de semoule. Elle ajuste son voile comme avant d'affronter un vent violent. *Si vous saviez*, pense Khadija en auscultant chaque visage qu'elle croise. *Si vous saviez d'où vient ma peine. Dieu le sait, lui, qu'un homme m'a trahie. Il a fait de moi une femme sans visage et sans parole.* Car Khadija ne sait plus parler qu'en prononçant des mots blessés depuis ce jour funeste où on l'a bâillonnée. Le vide qui l'entoure parle pour elle mieux qu'aucun mot. Et puis, elle ne sait pas quoi dire de son malheur. Comme si elle avait été répudiée sans motif. Elle ne sait plus quoi penser de cet homme, si doux et si prévenant. Quel diable l'a poussé à partir ? Elle aurait dû se méfier de tous ses gestes tendres, presque fébriles au contact de la chair, de sa voix sans débordements, de sa passivité même parfois dans le lit, de toutes ces fois où c'est elle qui allait le chercher. Elle se disait alors, quelle chance d'avoir un homme qui ne vous écrase pas de son désir, qui n'use pas de son pouvoir d'homme pour prendre possession de votre corps. Elle aurait dû se méfier de son regard en dedans, de ses yeux dont Khadija se demandait pourquoi ils cherchaient en permanence à se mettre à l'abri. Elle avait pris pour de la pudeur la tristesse qui alanguissait son mari et dont elle ignore encore les origines. Il avait toujours l'air de vouloir être ailleurs, dans un lieu dont lui-même ignorait l'existence. Comme s'il avait mieux à faire que de vivre avec sa famille. Malgré cela, elle avait eu confiance en lui, à trois reprises : les jumelles, Samir et le petit dernier. Que le père se tienne à distance de leurs enfants, cela non plus ne l'avait pas inquiétée. Il semblait constamment surpris dans ce projet plus vaste que lui, comme perdu dans la vie d'un autre. Comme si Khadija avait rempli sa maison d'enfants sans le prévenir. Elle lui avait dit : *Donne-moi des enfants.* Et lui n'avait pas imaginé tout ce qu'il allait devoir donner en plus. Que chaque premier jour exigerait une présence presque solaire. Que chaque premier cri aurait des échos même dans la nuit.

Il ne suffit pas de fuir le mal qu'on a fait pour créer l'illusion que le mal n'existe pas, pense Khadija. Qu'il s'éclipse ou qu'il se bouche les oreilles, les enfants sauront lui rappeler jusqu'à son dernier souffle qu'il aurait pu être un père.

Elle se perd aussi dans sa ville, consent à se laisser porter par la rue, qui la ramène chez elle. Des femmes de son quartier saluent son retour. On est prêts à remplir des marmites et à chanter. Mais Khadija n'en a pas encore fini. Elle reprend sa marche et psalmodie *Ce n'est pas ma faute.* Alors pourquoi ses sœurs se cotisent-elles pour lui offrir leur salive et se lamenter là où elle voudrait qu'elles marchent toutes derrière elle pour la soutenir et aller cracher leur compassion dans la mer ? Le plus à plaindre des deux c'est lui, le voleur d'âmes. Khadija ne peut se résoudre à penser que ses enfants ne lui réclament pas un jour réparation.

Tout en fendant la houle des passants, Khadija crie intérieurement : *Ce n'est pas moi ! Ce n'est pas moi qui ai fait cela ! J'aurais accueilli cette tristesse, j'aurais accueilli toutes ses guerres s'il m'avait fait confiance.* Le cri enfle en elle, prend toute la place vacante. Elle accélère le pas. Elle longe des murs, contourne des bâtiments qu'elle se sent capable de traverser, tant ce cri la rend incandescente. Elle pousse la ville dans ses derniers retranchements, là où la mer lui donne toute sa noblesse. Elle ne pense même pas à s'arrêter pour laisser passer les voitures. Elle se sent cernée par toutes ces rues où les gens se laissent guider par le hasard, où aucune consolation n'est possible. Khadija décide que c'est elle qui va accompagner la rue, et non l'inverse, elle va lui montrer que toutes ses sinuosités ne servent qu'à fausser compagnie aux tragédies qui nous rongent. *Mais il ne m'a pas tué, vous savez. Je viendrai ici chaque jour pour contempler l'étendue de mon malheur. Et ma blessure, il faudra bien que quelqu'un l'entende.* Khadija a les yeux accrochés à l'horizon. Ses enfants vivent quelque part là-bas, derrière cette masse d'eau qui ressemble, dans son cœur, au seuil de l'hiver. *Je viendrai ici chaque jour, et je dirai mon nom, et je donnerai à voir mon visage. Je veillerai sur cette blessure. Il ne peut pas me tuer. Je me ferai éternelle.*

Montsoult, 1990

À la maison, les choses s'emballent. Un jour que je reviens de la forêt, je trouve des meubles entassés sur le trottoir devant notre porte : les lits des jumelles, leur commode, leurs tables de chevet. Dans l'entrée, je découvre des cartons qui n'étaient pas là trois heures plus tôt. Je tombe nez à nez avec Samir assis sur une cantine en métal au milieu du salon ; il est en train d'y graver des lettres avec mon couteau suisse. Il lève vers moi un regard étrangement passif. Je reste sans bouger, mes yeux vont d'un carton à un autre. Je tente de comprendre ce qui s'est mis en branle pendant mon absence.

Va prévenir tes copains, dit froidement Samir.

Il achève sa dernière lettre, replie la lame et me lance le couteau suisse.

Je monte. Les deux autres garçons piétinent sur le palier, semblent désemparés et attendre des consignes. Les jumelles au contraire s'affairent, vont d'une pièce à une autre en vociférant. On partira pas d'ici ! lancent-elles à tour de rôle. Leurs vêtements, leurs bibelots jonchent le sol de leur chambre. Des classeurs, des cahiers, des feuilles de cours sont éparpillés aux quatre coins de la pièce. Des portes claquent. Le téléphone n'arrête pas de sonner. Personne n'ose répondre, les membres de la famille sont trop accablés ou trop enragés pour formuler des phrases cohérentes. L'incompréhension se lit partout. Mon placard est grand ouvert, vidé de son fatras. Tous mes trésors ont été jetés dans un grand sac-poubelle : ma lampe, mes fétiches et les deux livres qui me tenaient alors compagnie. Mon royaume saccagé par un vandale.

Je vais voir ma mère qui est seule dans la cuisine. Elle protège de la vaisselle avec des feuilles de papier journal. Sa frange est collée par la sueur. Elle se mange l'intérieur des joues. Je lui demande ce qui se passe. Elle bredouille des lieux communs et des formules creuses qui ne sont pas d'elle, et sous mon insistance, elle se perd dans des explications qu'on ferait à un jeune enfant pour l'entourlouper. Mais son visage est éloquent, ses yeux étroits, son dos plus voûté que d'habitude. Elle est comprimée par des émotions dont elle ne sait que faire.

Je m'accroche au chambranle pour ne pas défaillir. Je n'ai aucun allié dans cette maison. Je ne peux retenir mes larmes, la colère monte car je me sais impuissant, je n'ai pas encore l'âge de la révolte.

Nous n'avons plus les moyens de garder cette maison, finit par dire ma mère.

Elle ne croit pas à ce qu'elle dit. Et je sais, du haut de mes 11 ans, pour avoir déjà vécu des scènes similaires, qu'elle se fait une nouvelle fois le relais du père. Je ne vois plus une mère courbée à demi sur de la vaisselle sans valeur, je vois une femme qui est incapable du moindre sursaut. Je vois l'empreinte du père, les bouleversements qu'il nous impose, qui nous embaument dans la colère. J'entends déjà les insultes, les incantations, les minables prières que je vais murmurer à mi-voix durant des nuits qui me paraîtront sans issue. Je sais que les matins viendront quand même, immenses et aphones.

Nous devons partir, dit ma mère comme si elle me présentait des condoléances, avant de m'envoyer ranger mes affaires.

Même en prenant tout mon temps, en m'arrêtant sur chaque vêtement ou objet, ma valise est faite en quelques minutes. Je vais m'asseoir dans le placard. C'est peut-être la dernière fois. Je n'arrive pas à croire qu'on puisse quitter une vie dans ces conditions. Il y a encore une heure, j'étais plein du rire de mes amis, les jambes fatiguées par les défis que nous nous lancions, j'espérais que cette journée ne finisse pas. J'avais vu partir chacun de mes copains et leur avais donné rendez-vous le lendemain. J'avais été le dernier à quitter la forêt. Je caresse la moquette et roule ses poils entre mes doigts, comme je le fais habituellement pour me rassurer. J'ai honte. Mes amis vont me prendre pour un menteur, un traître, un lâcheur. Aucun d'eux ne croira à ce déménagement surprise.

J'observe les réactions des demi-frères et sœurs. Je cherche une aide. Je veux savoir si nous vivons la même histoire. Est-ce qu'ils sont en train de perdre autant que moi ? Est-ce qu'ils ont également l'impression de tomber dans le vide ? Je distingue leurs paroles mais c'est comme s'ils parlaient à travers une porte. Je les entends bouger, crier, remuer des choses, mais c'est comme si tous ces bruits sortaient d'un magnétophone. Je me sens tout de même uni à eux, car tous semblent vouloir se réveiller d'un mauvais rêve.

Le bruit d'un camion qui se gare. Une portière qui claque. Je vais à la fenêtre. Mon père est là, il regarde sa montre, abaisse le haillon, puis s'assure une nouvelle fois de l'heure. Il pense que ses enfants vont l'aider, qu'ils auraient dû rappliquer avant qu'il ne coupe le moteur, prêts à répondre aux consignes. Comme s'il suffisait de dire « nous allons déménager », un soir, sans préciser ni le lieu ni la date, sans plus revenir sur le sujet, pour que la chose soit entendue une bonne fois pour toutes.

Mon père nous avait caché notre véritable situation. Il était en passe de perdre son commerce par négligence. Il n'avait jamais mis un franc de côté, vivait sur la corde raide à cause de dépenses qui ne nous concernaient pas : courses hippiques, bouteilles d'alcool et soirées dispendieuses. Nous louions la maison de Montsoult et les propriétaires de celle-ci, comme du reste du lotissement, avaient laissé deux options aux locataires : acheter le bien ou le quitter. Mon père savait depuis longtemps que nous ne pouvions pas garder la maison, il connaissait la date précise où nous devrions partir, mais il n'avait rien dit, presque jusqu'au dernier jour. Il s'était contenté de rappeler le matin même du départ ce qu'il avait vaguement abordé six mois plus tôt.

La panique m'envahit quand j'entends mon père hurler et lancer des menaces. Il enrage parce que les cartons ne sont pas encore faits. Mais où était-il, lui ? Je l'imaginais traiter des affaires plus importantes, les lèvres collées au goulot d'une bouteille, entouré de parasites, laissant à ma mère le soin de régler tous les détails. Puis il se met à crier après Samir pour un motif que j'ai du mal saisir. Ce dernier lui répond sur le même ton.

Je descends quelques marches pour assister au spectacle pathétique qui se donne dans le hall.

Mon père a empoigné Samir et l'a collé au mur. Celui-ci se débat tout en retenant ses poings. Leurs visages sont si proches et leur rage si dense que je m'attends à ce qu'ils explosent tous les deux.

Je m'agrippe à la rambarde. Ma mère supplie que tout s'arrête. Son visage est pâle, plein de larmes. Mon père la bâillonne d'un seul regard.

Je comprends que pendant que mon père allait récupérer le camion, Samir a vidé toutes les bouteilles d'alcool dans les toilettes.

T'avais besoin de place, non ? Je t'ai fait de la place ! hurle Samir.

Tais-toi !

T'as pas de place pour tes filles ! La maison est trop petite. Tu l'as dit, je t'ai entendu.

Dis pas de conneries !

Tu l'as dit !

Il répète ça plusieurs fois pour sa défense alors que mon père le secoue pour le faire taire. Tout se fige dans la maison. Les garçons et les jumelles descendent, je les suis. Nous sommes tous là, saisis par ce que nous venons d'entendre. Mes parents ont arrangé leurs petites affaires en conspirateurs, nous écartant de tous ces détails qui nous concernent au premier chef.

Pourquoi ?

Pourquoi aujourd'hui ?

Où allons-nous ?

Les jumelles osent défier le père qui est obligé de céder quelques explications.

La maison doit être libérée avant la fin du week-end. Et c'est à Méru, dans l'Oise, que nous allons tenter de cacher notre misère. Méru, c'est la ville où Zina et Zaïd ont vécu leur vie d'immigrés avant de repartir en Algérie un an plus tôt. A-t-il médité longtemps avant de prendre sa décision ? Pourquoi nous infliger un nouveau déracinement ? Pourquoi la relation avec ce père ressemble-t-elle toujours à un tas de cendres ?

Le père et les jumelles s'empoignent. La maison est déchirée par les plaintes. Elles n'ont pas envie de gâcher leur vie, sous-entendu, comme lui. Méru, c'est le trou dans lequel aucun jeune n'a envie de tomber. Elles ont des ambitions, elles veulent faire des études, surtout, elles ne supportent pas l'idée de perdre leurs amis qui comptent plus à leurs yeux que leur propre sang. Les jumelles font de la résistance, soutenues par les garçons qui font bloc. Le père balaie toutes les remarques, il n'y a d'ailleurs que dans l'opposition à ses enfants qu'il ne flanche pas. Il lève les poings, menace encore, il n'y a plus une goutte d'alcool pour étancher ses mensonges.

Il se saisit du prétexte de cette opposition pour faire deux grandes annonces : un, le déménagement à Méru était irrévocable, deux, puisque les jumelles contestent et remettent en question les projets et la parole du père, eh bien qu'elles restent à Montsoult, qu'elles se débrouillent pour se trouver un toit. Voilà en substance ce que bredouille le père à ses filles mineures et sans ressources.

Ce déploiement de forces cache une tout autre vérité, qui a plus à voir avec l'arithmétique qu'avec l'affirmation d'une autorité. En effet, en arrivant sur place, nous découvrirons que la nouvelle maison ne possédait que deux chambres. Il n'y avait de toute façon pas assez de place pour tout le monde. La rébellion des jumelles est une aubaine pour le père, qui n'assumera jamais sa lâcheté. Il dira à qui peut l'entendre : elles se sont chassées toutes seules.

La supercherie arrivait enfin à son terme. Le délaissement parental était puni par la loi. Les jumelles, si elles n'avaient pas été si proches de la majorité, auraient pu être considérées comme pupilles de l'État. Ce père n'assurait plus depuis longtemps ni leur sécurité, ni leur santé et encore moins leur moralité. Et nous assistions, impuissants, à ce terrible jugement.

Nous avions tous bâti quelque chose à Montsoult : des amitiés, des amours, des projets, des échecs qui nous appartenaient. Nous avions avancé dans un monde vidé de lumière, pour tenter de traverser le mensonge du père. Nous avions tous trouvé à notre façon une issue à ce foyer. Nous avions tout accepté, nous adaptant à chaque situation. Nous nous étions défendus contre un quotidien médiocre et avions travaillé notre espoir comme des forçats. Il était insupportable que le père rebatte les cartes aussi brutalement, alors que lui n'avait plus fourni aucun effort depuis son départ d'Algérie. Une nouvelle fois, le père ordonne et s'empare des efforts de ses enfants, car il ne supporte pas de les voir lui résister. Résister au désastre annoncé. Il n'y a que le père pour ne pas voir que la machine infernale du mensonge s'emballe et qu'elle est bien pire qu'une capitulation. Il n'est pas un héros, ne le sera jamais. Son imposture s'abat sur notre monde. Pour moi, elle constituera sa mémoire.

Je n'ai pas le temps de prévenir tous mes copains, certains sont déjà partis en vacances. Mon monde s'effondre, ma forêt est déboisée en une nuit. Mes repères, mes refuges, tout m'est retiré. Cet été-là, je suffoque. La main qui comprimait ma gorge serre un peu plus les doigts. Le temps ne peut-il se suspendre quelques instants ? Je me demande ce que je vais devenir. Sans ma forêt, sans mon placard, je vais disparaître, complètement. Quel pouvoir auront les livres dans la nouvelle maison ? Est-ce que je vais les entendre comme avant ? Et eux, est-ce qu'ils m'entendront ? Dans ce placard, j'avais réussi à préserver l'essentiel. Et voilà que ce père qui n'a jamais rien concédé se donne le droit de me dépouiller du peu de joie que j'ai su accueillir.

Je n'oublierai jamais ce départ. La confusion régnait en chacun de nous. Et moi, j'étais en train de perdre quelque chose d'intime que rien ne pourrait réparer. Cette famille trouvait le moyen de se désunir encore un peu plus.

Quelques voisins étaient sortis pour observer notre débandade, incrédules. Nos parents n'avaient prévenu personne. La honte suintait de mes yeux comme d'une blessure ancienne. Nous passions pour des fuyards. Je m'enfonçais autant que je pouvais sur la banquette arrière.

Je garde de ce jour un fort sentiment d'injustice. J'abandonnais des amitiés qui m'avaient aidé à supporter la fureur de Samir et les dysfonctionnements du père. Sans eux, je ne savais pas comment j'allais pouvoir affronter la suite de la débâcle.

Une image ne m'a pas quitté : mes sœurs côte à côte sur le trottoir nous faisant des signes de la main. Elles étaient en larmes, des sacs de vêtements bourrés à la hâte encerclaient leurs chevilles. Elles avaient fini par se taire, la voix coupée par la cruauté. Pendant que nous les abandonnions, les jumelles, elles, se tenaient par les épaules.

Placard, 1990

Je ne devais pas trop me plaindre, car ma *nouvelle chambre* était comme un placard géant que je partageais avec les araignées, les phalènes et les poissons d'argent, alors que mes trois demi-frères, presque tous des jeunes hommes bataillant avec leurs hormones, devaient s'entasser dans la même pièce pour dormir. Bizarrement, aucun d'eux ne souhaitait partager les combles avec moi. Ils étaient certes spartiates, livrés aux infiltrations, sales et on y respirait des particules de laine de verre, mais ils étaient aussi spacieux et hauts de plafond. Glacials en hiver, étouffants en été, je les considérais tout de même comme un privilège. Il fallait accepter ces conditions et lutter contre l'idée que de meilleures existaient ailleurs. J'avais été assez fort pour faire de quelques centimètres carrés un sanctuaire imprenable, je ferais de ces combles insalubres une place plus forte encore. Une chose au moins ne changeait pas : je pouvais y disparaître et rêver, parfois.

La professeure de français nous avait donné une liste de livres à acheter. Le premier ouvrage que nous allions étudier en ce début d'année de sixième était *La Cicatrice*, de Bruce Lowery. Lorsque j'ai découvert sa couverture, je me souviens avoir ressenti une sorte de malaise. On y voyait un jeune garçon, de dos, face à un mur surmonté d'un grillage. Il avait les mains dans les poches et sa tête dépassait tout juste du haut du mur. On comprenait que son regard passait in extremis à travers le grillage. Je me suis immédiatement identifié, fasciné par cette représentation inédite de l'enfance. Elle me parlait. Elle disait ce que je vivais, cette vie au pied du mur. Et le désir, malgré tout, de voir plus loin. La pulsion de vie de l'enfant qu'aucune frontière ne peut refréner.

Je me disais que ce livre était un signe que m'envoyait la professeure. Je guettais son regard, et à chaque fois qu'il me croisait, je me persuadais qu'il s'attardait plus longtemps sur moi que sur mes camarades. Je venais d'arriver dans cette ville et dans ce collège, elle ne savait rien de moi, mais c'était comme si elle me disait : Ne t'inquiète pas, je connais ton histoire, il en existe bien d'autres et nous allons les partager. Dès qu'elle prononçait le titre du livre, *La Cicatrice*, des frissons me parcouraient. Je m'attendais à ce qu'elle m'interroge pour une lecture à haute voix.

Je commençai donc ce roman avec beaucoup d'espoirs. Peut-être allais-je rencontrer mon double de papier.

J'ai très vite été déçu. Dès les premières lignes du roman, en vérité, qui débutait ainsi : « J'étais sans le savoir, un enfant heureux, relativement heureux, il est vrai. Mais ce n'était qu'une impression d'ensemble. Car ma vie, même alors, ne manquait pas de petits malheurs auxquels je n'arrivais pas à m'habituer. »

Vivre heureux sans le savoir était une chose que j'avais les plus grandes difficultés à comprendre. J'avais donc hâte de découvrir la nature de ces petits malheurs qui empêchaient Jeff, le héros du livre, de n'en avoir qu'une simple *impression d'ensemble*. Là encore, la désillusion fut grande, car ce qui gâchait la vie de Jeff, le principal malheur auquel il n'arrivait pas à s'habituer, était une petite cicatrice au-dessus de la lèvre, qui lui attirait, de temps à autre, quelques moqueries.

Cette cicatrice ne le privait pas de l'amour de son frère Bubby, encore moins de celui de ses parents. Cette cicatrice ne l'obligeait pas à se cacher dans un placard ni à se rouler en boule pour recevoir des coups de pied dans les côtes. Cette cicatrice ne l'empêchait même pas de parler. Car non seulement Jeff était le héros du livre, mais en plus, il en était le narrateur. Quelle tribune on offrait à cet enfant incapable de voir le bonheur sous ses yeux ! Toutes ces pages imprimées pour de si petits malheurs, pensais-je. Je me disais aussi, qu'une fois que cela serait possible, Jeff n'aurait qu'à laisser pousser sa moustache pour dissimuler cette cicatrice aux yeux du monde. Il en souffrirait quelques années et puis tout rentrerait dans l'ordre. Mais non content d'être le fils chéri de ses parents, Jeff s'apitoyait sur son sort et priait Dieu pour qu'il intervienne et efface sa cicatrice. Toutes mes implorations tombaient dans l'oreille d'un sourd depuis si longtemps que je lui souhaitais bonne chance.

Voir mes camarades penchés sur leur livre, accaparés par les atermoiements de Jeff me rendait malade, jaloux, colérique, aigri. Je me persuadais qu'aucun d'eux ne pouvait imaginer toutes les cicatrices laissées par mon père et Samir sur mon corps et mon esprit. Un fardeau bien plus lourd que je devrais porter seul et pour je ne savais combien de temps. Mes cicatrices et mon malheur étaient invisibles à l'œil nu. Jeff n'avait jamais été un gibier ni un fils transparent qui, malgré tous ses efforts, n'arrive pas à retenir le regard de son père. Jeff n'avait pas à s'interroger sur l'amour de ses parents, il était partout présent. Au début du roman, le garçon change d'école et lorsque la maîtresse le présente à ses nouveaux camarades, et que ces derniers découvrent son bec-de-lièvre, un fou rire parcourt la classe. Le soir, alors qu'il peine à raconter la scène à ses parents, sa mère le rassure : *Nous t'écoutons. Nous sommes là pour ça.* C'était assez insupportable à lire pour qui attend désespérément l'affection de ses parents, et la conclusion de Jeff l'était davantage : *Ainsi, quoiqu'il m'arrivât, il me resterait toujours ce foyer, ce refuge.* Sacré petit veinard ! Bien entendu, j'ai relu le livre bien des années plus tard afin de retrouver les raisons pour lesquelles il m'avait laissé de si mauvais souvenirs. Le temps ne m'avait pas rendu plus indulgent avec ce roman. Une bouillie larmoyante où, durant des pages interminables, le personnage s'empêtrait dans ses mensonges après avoir volé une poignée de timbres appartenant à son meilleur ami. Et nous devions le plaindre pour ça ! Intérieurement, je lui contestais l'importance que lui donnait notre professeure et en tant que lecteur je me mettais hors de sa portée en lui fermant les portes de mon esprit et en ne voyageant pas à ses côtés.

Je survolais les chapitres avec désinvolture, quitte à saborder mes notes de lecture. La professeure s'attardait sur mon cas mais pour d'autres raisons que celles espérées. Je faisais mien un des dix *droits imprescriptibles du lecteur* que Daniel Pennac publierait deux ans plus tard : Le droit de sauter des pages. Je n'avais pas encore le courage d'abandonner un livre en cours de route, car c'était une trop grande responsabilité que d'avoir le droit de vie ou de mort sur un personnage, et je n'étais pas encore prêt à en user. Mais je m'amusais à couper la parole de Jeff en ne finissant pas les phrases ou en lisant un mot sur trois, ce qui donnait un côté absurde à son discours. Une parole sans queue ni tête. J'avais un pouvoir immense sur lui.

La Cicatrice représente mon premier écueil de lecture. À cette époque, je ne pensais pas cela possible, qu'on puisse sortir d'un livre aussi malmené. Je n'avais pas encore mis de mots sur ce que j'avais ressenti en découvrant cette histoire qui ne valait pas la mienne, j'étais plutôt bombardé d'émotions. Je donnais beaucoup trop d'importance à Jeff, au point même de lui souhaiter de plus grands malheurs que ceux imaginés par l'auteur. Il m'arrivait de penser à lui, comme on pense à une personne que l'on connaît personnellement et qui nous a fait du mal. Je critiquais son comportement, ses paroles, ses mensonges, comme on médit d'un ennemi. Je le trouvais bien prétentieux de vouloir nous attendrir. Mais, sans que je n'y puisse rien, plus je pensais à lui, et plus il devenait réel et son monde tangible.

Tous les élèves n'étaient pas passionnés, ni attendris par le sort du héros, mais j'avais l'impression d'être le seul à ne pas avoir d'empathie pour Jeff, voire d'éprouver pour lui de la détestation. Je le haïssais vraiment, et je me disais que j'allais tôt ou tard lui dire ses quatre vérités, démasquer son imposture devant ma professeure et mes camarades, et pour appuyer mes accusations, je démontrerais devant toute la classe ce qu'était un malheur qui empêche d'être soi. J'étais prêt à donner toutes les preuves pour confondre Jeff et le faire tomber de son piédestal de narrateur tout-puissant. Je voulais faire passer son plaidoyer pour de vulgaires pleurnicheries. Évidemment, je n'en ai rien fait. Je gardais pour moi, comme toutes les autres émotions, ce que le livre suscitait chez moi de rejet. Jeff avait endossé le rôle de bouc émissaire contre lequel je pouvais, le soir venu, à la lueur d'une lampe torche, libérer ma colère d'être un enfant privé d'amour. Il ne pouvait pas se défendre, et c'était bien pratique.

Une question avait surgi au détour de cette lecture : Quel était l'intérêt de créer et de faire vivre un personnage qui n'a rien d'autre à raconter que son malheur, ou à l'inverse, qui n'a que son bonheur à livrer en pâture ? Les explications de texte de notre professeure de français ne m'avaient pas fourni de réponses satisfaisantes. J'avais tout de même tiré de l'expérience plusieurs enseignements qui éclairèrent ma relation avec les livres : tous les personnages n'étaient pas des compagnons de route, tous les sentiments étaient permis en lisant. Il existait des histoires qui embarquaient des lecteurs pour les mener nulle part, des livres qu'on achevait sans faim. Plus fort encore, il m'arrivait de lancer des prières en l'air afin de devenir moi-même un personnage de fiction, qu'on me transforme définitivement en mots, que je sois accueilli par des milliers de lecteurs, hébergé dans leur cerveau, irrigué de leur intelligence et bercé par leur voix intérieure. Je continuais de rêver à ce voyage infini qui, à chaque lecture, me ferait renaître dans un dénouement heureux.

Méru, 1992

C'est l'entrée en classe de quatrième au collège Pierre-Mendès-France. J'ai 13 ans. Il n'est plus question de se réfugier dans un placard, de convoquer gentiment des alliés de papier. La réalité du quotidien submerge toutes mes pensées. L'alcoolisme du père, la soumission de la mère, la misère des sentiments et le manque permanent ont raison de tout.

J'ai de plus en plus de mal à me cacher, je suis longiligne, dépasse la plupart des autres têtes au collège. Je maudis la nature de m'avoir fait si voyant. J'aimerais me soustraire aux regards des autres, à la manière de certains animaux qui effacent leurs traces autour de leur terrier. Je deviens une bête efflanquée se sentant la proie du moindre geste, du plus furtif des regards. J'ai le sentiment de traîner le corps d'un autre. Je me sens assigné à une tâche bien trop importante pour moi, et faire avancer ce tas d'os et de chair me demande trop d'efforts, ils m'encombrent l'esprit. J'ai peu de rêves, peu d'envies, peu de mots pour les dire. Je n'ai plus beaucoup d'endroits où me cacher, même pas dans cette tour sombre qui me tient lieu de corps.

La ligne de chemin de fer passe juste derrière la maison. Je connais les horaires par cœur. Je me poste sur les voies, regarde en direction de la gare où un train est à l'arrêt. Je fixe ses phares qui scintillent dans l'air chaud de la fin de l'été. Je suis hypnotisé. Tout pourrait finir en quelques secondes. Je me demande : Est-ce qu'ils oseraient me faire parler une fois mort ? Mes parents, qu'auraient-ils à dire de moi ? Je me persuade de l'absurdité d'un tel sacrifice, ma disparition ne provoquerait guère qu'une trêve dans leur morne existence. Et puis tout reprendrait comme avant ; les repas s'écouleraient dans le même silence. Le canapé serait peuplé de soupirs et d'extrême fatigue. Les épaules de ma mère seraient un peu plus basses, si cela est possible. On n'oserait pas se regarder, de peur de voir une vérité qui écraserait tout sur son passage. Mon père, quant à lui, s'interdirait le moindre frémissement, la moindre bribe de parole, comme d'habitude. Si tout pouvait changer, je m'allongerais au milieu du ballast. Mais cette idée de la mort n'est pas assez forte en moi. Je sais que j'ai un rôle à jouer et que ce n'est pas celui-là.

Avant d'aller en cours, je place des pièces de monnaie et d'autres petits objets métalliques sur les rails avant le passage du train. Je les récupère ensuite aplatis, leur forme a changé, ils ont perdu leur usage. Je les garde au fond de la poche. Je les touche de temps à autre, comme on le ferait avec un talisman. Je les frotte en disant des prières pour conjurer le sort.

Ma vie me semble une suite de chapitres sans lien ni cohérence apparente.

Au collège, je retrouve les mêmes têtes. Celles que j'ai envie de gifler : les élèves étincelants, insouciants, baignés d'une lumière qui leur tombe sur la tête en toutes circonstances. Je reconnais les enfants heureux à leur façon de parler, leur voix se distingue toujours des autres, comme un air de flûte léger qui retentit dans les couloirs du collège, entre les interstices de mes pensées. Ces voix me descendent dans la poitrine comme une mauvaise toux. Ces enfants ont l'air entier, solides, prêts à dévaler le monde. Et moi qui demande si peu, je me contenterais des restes de leurs ambitions.

Il y a aussi ceux qui, parce qu'ils habitent la cité, se donnent tous les droits. Ils vivent sur la réputation des autres, leurs aînés qui trafiquent et transforment petit à petit les caves en dépôt de munitions. Cette poignée de minables qui fait régner la terreur dans les vestiaires, choisit le plus frêle et lui inflige des sévices sans même y prendre plaisir. J'ai la chance d'avoir été du bon côté, de ceux qu'on n'emmerde pas. J'ai la peau mate, des cheveux frisés et un nom de famille à consonance maghrébine. Il m'arrive même, par opportunisme, de ressortir Habib, le prénom que m'a imposé Zina. Je fréquente par intérêt des enfants d'origine marocaine, algérienne, tunisienne, turque, ça me protège du harcèlement et de la domination. Mais je ne vaux pas mieux que les oppresseurs, car je n'interviens jamais pour m'opposer. Je ne veux appartenir à aucun camp. J'ai choisi la tranquillité en me comportant comme un lâche.

Il fallait trouver un moyen d'exister dans ce tumulte. Il n'est pas question d'être moins utile au groupe que le bouc émissaire. Je suis maigre comme un clou, la face cramoisie et purulente. On se fout de ma gueule mais ça ne va pas plus loin. Je n'ai pas vraiment d'identité et on m'a volé mon prépuce. Je n'ose pas regarder les filles, j'ai l'impression qu'elles décèleraient aussitôt dans mes yeux l'anomalie. Je me sens incomplet, mutilé, violé et laissé pour mort depuis l'âge de 10 ans. Un autre a pris le relais, irritable, susceptible, perdu dans l'immensité des rapports sociaux. La colère m'envahit plusieurs fois par jour. Je me dis : Personne ne souffre comme tu souffres. Tu es seul.

Au bout de quelques semaines, au moment où cette année de quatrième s'annonçait comme celle de trop, au moment où je me sentais le plus inutile à moi-même comme aux autres, où le malheur lui-même me semblait irrémédiable, au moment où cette vérité m'a saisi, ma respiration se bloquant comme on s'arrête au milieu d'une phrase de peur d'y découvrir une noire sentence, à ce moment précis un nouvel élève est arrivé.

Je compte sur vous pour faciliter son intégration, a dit la professeure principale.

Il s'appelle Ferhat et débarque de Turquie avec ses parents et son frère cadet. Il ne parle pas un mot de français. Il est beau, grand, élancé. Un teint cuivré, des cheveux fins et noirs qui lui tombent sur la nuque. Dans ses yeux brillent des espoirs accumulés. Il a une voix claire et douce qui lui donne encore plus de prestance. C'est presque un ange qui m'est envoyé. Toutes les filles l'accompagnent du regard jusqu'à sa place, à côté de moi.

Je suis tout de suite charmé.

Je scrute du coin de l'œil le moindre de ses gestes. Surtout ses mains délicates qui semblent pouvoir accomplir des merveilles. Ses doigts fins se posent partout avec assurance. Il paraît plus âgé, débarrassé des affres de la puberté. Les coups de Samir et l'indifférence du père m'ont poussé à développer ma sensibilité en secret. J'aurais aimé, comme les filles, pouvoir le dévisager pendant des heures, sans me cacher. Toutes les autres gueules me filent le cafard. La beauté de Ferhat est le seul défi valable dans les environs. Je veux être son ami.

Je peux nommer désir ce que j'éprouvais pour lui à l'époque. Je crois que s'il m'avait demandé d'avoir une relation avec lui j'aurais accepté. Personne ne me touchait et mon cœur attendait un miracle. La douceur de Ferhat en était un.

Nous parlons avec les mains. Puis, pendant les pauses, je lui donne des cours de français accélérés. Il progresse vite. Il m'écoute attentivement, marque un silence interminable pendant lequel je ne sais pas s'il a compris ou s'il est en train d'assimiler le vocabulaire et d'en travailler la matière. Et puis, une phrase sort, avec des compléments d'objet, des subordonnées et des tournures plus fantaisistes. Il m'oblige à mieux comprendre ma langue et à cesser de considérer les règles de grammaire comme un paquet d'emmerdes.

J'étais heureux qu'il soit là me convient très bien comme formule. De même que : *Supposez que mon père a en effet bien mérité la haine de son fils.* Et au diable la concordance des temps ! Le plus important est que nos voix se répondent.

En classe, lorsqu'on l'interroge, mes lèvres bougent au rythme des siennes pour le soutenir. Je serre les mâchoires lorsqu'il bute sur un mot. Quand on le félicite pour un progrès notable, il me regarde en souriant comme personne ne l'a fait avant lui. Je vis intensément les mots qu'il prononce car certains viennent de moi. C'est comme s'il m'allégeait d'un fardeau de silence. J'étais plombé, les poches pleines de doutes, et le voir porter cette parole commune me donne enfin une raison de me lier à quelqu'un.

Parfois, il m'attend sur le chemin, impatient de me faire part de ses progrès. Il me déballe sa phrase comme un vendeur de tissus déroule ses plus belles étoffes. On dirait un type qui a passé toute la nuit à réfléchir et qui vient au petit matin livrer au monde sa pensée. Dans sa bouche, les mots deviennent des monuments.

Nous sommes inséparables. Je passe le prendre le matin pour aller au collège. Parfois on parle, le plus souvent on marche côte à côte comme deux amis de longue date. Sans rien dire. Je comprends qu'exister juste pour soi-même est une erreur qui peut être fatale. Je me souviens de son rire qui fusait dans l'air.

Ferhat pointe de temps en temps une chose du doigt pour que je lui en donne la traduction. Sa soif d'apprendre jure avec ma lassitude.

On se retrouve également le samedi pour jouer au football. C'est un ailier formidable. Il déborde ses adversaires avec classe. Il aurait pu intégrer n'importe quelle équipe des environs mais il préfère jouer avec une bande de pieds carrés.

Je considère Ferhat comme un prince dont je suis le valet. Il m'a confié la garde de sa parole et je l'accompagne à chacune de ses sorties. Je suis le confident, le complice, l'homme de main toujours prêt à le soustraire au guet-apens du langage. Je lui sers d'intermédiaire et d'interprète avec les filles pendant les récréations. Il croule sous les demandes et les mots doux que je dois lui traduire. Au milieu de tout cela, Ferhat garde la tête froide. Il m'explique qu'une fille l'attend en Turquie. Il a 16 ans et ses parents lui ont déjà trouvé une femme. Je me permets de garder certains des mots doux qu'on lui fait parvenir.

Je les ouvre le soir dans mon lit et je me laisse aller à croire qu'ils ont été écrits pour moi.

Notre amitié a été fulgurante. Au bout de deux mois, on parlait avec les yeux. Et sur le terrain de foot, on avait aussi nos automatismes. Je retrouvais une source de motivation pour aller en cours. Le soir, dans ma solitude adolescente, je pouvais enfin penser à quelqu'un sans éprouver de frustration ou de colère. La voix de l'autre en moi ne venait plus se briser dans ma tête. Mes contours devenaient moins flottants. La présence de Ferhat marquait une rupture dans ma vie monotone. J'avais trouvé en lui le frère que je rêvais d'avoir.

*

Un samedi après-midi, au printemps 1993, je rate tout ce que j'entreprends sur le terrain de football. Ma tête est ailleurs. Ferhat n'est pas là. Ce n'est pas son habitude de me planter. Durant tout le match, je regarde vers l'entrée du stade. J'espère le voir arriver pour les dernières minutes et dissiper mes angoisses. Je finis cette journée avec une très mauvaise impression. Comme un chien qui flaire le danger, je décèle dans l'air un changement, un bouleversement. Je me sens absent aux scènes qui se déroulent autour de moi. Je ne crois pas aux prémonitions. Je crois à la clairvoyance des sentiments qui me relient malgré moi aux autres. Je tenais à Ferhat. Je l'aimais. Ce jour-là, j'ai senti le fil se casser. Je ne m'attendais pas à plonger dans une douleur atroce.

Le lundi matin, à peine arrivé au collège, le proviseur m'a pris à part pour m'annoncer le décès de Ferhat. Il connaissait la relation que j'avais avec lui. Il tenait à me l'apprendre personnellement, avant qu'elle ne soit rendue publique. Ferhat est mort dans un accident de voiture. Une mort à grand fracas. Ses parents sont morts également. Son petit frère est le seul survivant, éjecté de l'habitacle. Un miracle.

J'ai souri. Sidéré. Incapable de comprendre. Le proviseur a posé sa main sur mon épaule. C'est à ce moment que j'ai commencé à croire à ce qu'il venait de me dire. La réalité est tombée en cendres.

Des camarades, des amoureuses de Ferhat, des professeurs se sont succédé pour me réconforter, comme si j'étais un membre de la famille. Les manifestations de soutien ont continué comme ça pendant des jours et des jours. C'est là que j'ai compris que ce que nous avions vécu avec Ferhat était si intense que même les plus indifférents l'avaient remarqué.

Je me suis dit que les bons sentiments ne valaient rien, pas plus que la confiance, l'amitié, le bonheur ou l'espoir. Seuls les cris, les pleurs, la rage et la colère me feraient tenir debout. L'espoir finissait par me mettre à genoux. Je me suis dit que les rêveurs étaient voués à se casser la gueule en permanence. De bien plus haut que les autres.

J'ai d'abord pensé à moi. J'étais sûr de ne pas pouvoir me relever de la disparition de Ferhat. J'avais besoin de lui. Il avait été un frère possible. Nous n'avions pas eu le temps d'aller bien loin ensemble. C'était injuste. J'ai gardé mes larmes pour moi. Comme des eaux vives.

Le petit frère de Ferhat a été recueilli par une cousine. Je le croisais souvent. Son visage était parcouru de larges cicatrices. Je me suis rapproché de lui dans les premiers temps. Il était toujours souriant. C'était insupportable. Pour moi, une part du monde était partie. Pour lui, elle était revenue. Au fil des mois, je me suis éloigné de lui. L'absence de Ferhat était trop féroce. Je n'avais pas la force d'affronter le regard de son petit frère.

En classe, il y avait toujours une chaise vide à côté de moi. Personne ne voulait s'y asseoir. Je me demandais si un jour quelqu'un oserait prendre la place. Et est-ce que je saurais laisser un autre la prendre ? Pendant des mois, la vie n'a fait qu'un bruit de tôle froissée. Je voyais sa silhouette partout. J'entendais sa voix dans les couloirs. Elle me réveillait en pleine nuit. Je lui en voulais de m'avoir abandonné.

Je n'ai pas pu assister à ses obsèques. Son corps a été rapatrié en Turquie.

Me manquait le réconfort de son visage, sa présence enveloppante, sa marche paisible, la confiance et la loyauté de son regard.

Me manquaient surtout les mots que nous ne nous serons jamais dits.

Méru, 1992

Samir a 19 ans, il commet encore quelques vols. Pour financer ses vêtements, ses cassettes de rap et ses bombes de peinture. De temps en temps, la police le raccompagne à la maison. Parfois, le père est là, échange avec les policiers, prend une mine affligée, se répand en excuses, affirme haut et fort, avec une voix que nous ne lui connaissons pas, dans une langue venue d'ailleurs, que ce n'est pas comme ça qu'il éduque ses enfants. Personne ne sait ce qu'il entend par *comme ça*, pas plus les policiers que moi, qui découvre, stupéfait, cette misérable tentative de défense. Les policiers n'ont pas à remettre en doute la parole de cet homme qui semble meurtri. Mais moi, je tiens à savoir ce que signifie ce *comme ça* qui sort sans hésitation de sa bouche. Ce *comme ça* m'intéresse, m'anime depuis des années, j'attends qu'il m'explique quelles sont ses convictions, ses fameuses valeurs qu'il invoque sans que sa voix ne tremble, au contraire de ses mains, en manque d'alcool. *Comme ça*, mais comme quoi ? Ces deux mots jetés en pâture à la police résument tout ce qu'il n'est pas.

D'une certaine façon, il a raison, il ne les a éduqués ni *comme ça* ni autrement. C'est tellement facile de geindre sur les conneries d'un fils, alors qu'on le laisse se démerder avec ses douleurs depuis qu'il est tout petit, avec ses manques grandissants, avec sa culpabilité et sa colère, abyssale. Les policiers sont prévenants, croient cette parole qui tombe de nulle part. Que Samir n'a jamais entendue. Il assiste à la supercherie mais ne dit rien. Il ne dit pas qu'il n'a aucun souvenir de la dernière fois où son père l'a pris dans ses bras, lui a dit un mot affectueux ou l'a rassuré sur son importance. Il ne dit pas non plus qu'il n'a jamais vu son père se pencher au-dessus de son épaule pour vérifier s'il faisait correctement ses devoirs. Il ne s'est jamais posé une seule question sur son hygiène, sa santé, son confort ou son bien-être. Le père est en représentation, et dès que les policiers tournent les talons, il ferme la porte et se venge de l'humiliation qu'il vient de subir.

J'aurais pu rester planqué dans mon lit, un casque sur les oreilles pour éviter d'entendre les cris, pour me préserver d'une nouvelle scène de violence. Mais une voix me disait de garder les yeux ouverts, de tout enregistrer, que tout soit précis, pour que tout me revienne le jour on me demandera de pardonner à ce père qui n'en est pas un. Alors, allongé en haut de l'escalier, j'observe la scène. Samir s'est déchaussé, a enlevé sa veste, a passé une main dans ses cheveux, presque sereinement. Il dit au petit dernier de s'enfermer dans la chambre. Pendant ce temps, le père décroche le nerf de bœuf – héritage de Zaïd – il est habillé d'un tee-shirt et d'un short. Son visage est bouffi, ses jambes sont maigres et son ventre est gonflé par l'alcool. Il commence à frapper sans sommation. Tout d'abord, Samir se protège le visage, car les gestes du père sont féroces et désordonnés. Il insulte son fils en arabe, lui crache dessus, l'enroule de sa colère.

J'entends ma mère pleurer dans la cuisine. Elle ne dit rien. Depuis son adolescence, tous ses efforts, toutes ses épreuves sont récompensées par des larmes.

Le petit dernier ouvre la porte de la chambre pour seconder son frère. Mais Samir lui ordonne de rester où il est. En cet instant, c'est lui qui protège.

Puis le bras du père mollit et bientôt les insultes font place à deux syllabes : respect. Mot éructé dans une haleine de mauvais vin. On dirait qu'il met toute sa fortune sur la table. Il se rassure, mais sa voix déraille. Je découvre un père dépassé par sa fureur. Il est comme la rivière qui subitement déborde et dévaste tout sur son passage.

Sans me l'expliquer vraiment, c'est cela que je voulais voir : son vrai visage.

Samir est resté droit, barrant de son corps l'accès de la chambre. Animal qui défend le clan.

Le père essaie de rattraper par la force ce qu'il a laissé filer par l'absence. C'est incroyable le temps qu'il prend à se venger d'un affront dont il est le seul coupable. C'est incroyable que ce rapprochement qu'il opère vers son fils se fasse dans la fureur. Il ne lui a jamais consacré autant de temps que dans le châtiment. Il n'a jamais été aussi proche de cette peau qu'il violente, comme s'il voulait y inscrire une loi divine. Mais la faillite du père est une peine imprescriptible. Les sévices qu'il oppose aux errements de Samir ne sont pas une réponse. Il peut frapper autant qu'il veut, il pousse son fils vers la défaite.

Après cet épisode, je vois partir Samir de plus en plus souvent. Il arrive même qu'il passe plusieurs nuits dehors sans que cela n'inquiète personne. Il prend le train qui passe derrière chez nous pour aller à Paris. Je l'envie. Méru est une ville sinistre, une cité-dortoir où les gens s'ignorent. Samir refuse d'y croupir, alors il explore des endroits où se poser. Il vomit le déclassement du père, sa résignation, son acculturation et son alcoolisme. Il doit mettre son énergie au service d'un projet. Il repense à l'émission H.I.P. H.O.P. qu'il regardait adolescent. En 1984, cette émission était la première au monde consacrée au hip-hop et la première en France à être présentée par un noir, Sidney, qui accueillait les téléspectateurs en *frères et sœurs*. Grâce à cette émission on pouvait voir des gosses de quartier créer et s'exprimer, briser tous les clichés qui alimentaient les pages des faits divers, et sur la première chaîne nationale, s'il vous plaît. Samir découvrait le smurf, le scratch, le breakdance. Il n'a pas oublié les messages positifs de Sidney : *Je sais que tu peux*, disait-il en fixant la caméra, ne s'adressant pas qu'à ceux qui lui ressemblent, mais à la France entière. Il n'a pas oublié non plus les paroles d'Afrika Bambaataa : *Essayez de vivre en paix et de vous réaliser.*

Depuis un an ou deux déjà, il tague un peu partout, de manière désordonnée. Sur les murs de son lycée, sur les poubelles, sur les sacs à dos des *fils à papa*, sur les panneaux de signalisation. Il sort son marker noir comme d'autres un cutter. Il se met à décorer les banquettes en skaï orange des trains de banlieue quand d'autres les éventrent. Il écrit sur les murs de la capitale, laisse une trace, se cherche, veut être visible. Il n'a pas encore trouvé son identité de *writer*, mot que les pionniers du graffiti préfèrent employer pour parler d'eux. Ils ne sont ni des vandales ni des barbares. Ce sont des artistes dont le moyen d'expression n'attend ni cotation ni consécration. On est encore loin des ambiances feutrées des galeries et du business du *street art*. Samir essaie plusieurs noms, s'inspire de ceux qui ont occupé le terrain vague de Stalingrad dans les années 1980, haut lieu du *writing* français et européen. Il arrête son choix sur *Sam*, réduit son prénom à ces trois lettres, tout simplement. Pour un temps seulement, le temps de trouver mieux. Car Sam, c'est trop gentil, trop poli. Et puis c'est aussi l'oncle d'Amérique qui te pointe du doigt, qui te veut pour grossir les rangs de l'impérialisme américain. Ce que Samir a à dire n'est ni gentil ni poli. Il a en lui une rage qui doit s'exprimer. C'est cette colère qui le porte, qui lui donne envie de se lever, qui le fait exister. C'est tout ce qu'il possède pour affronter le présent.

Je l'épiais parfois, quand il était penché sur son bureau, le nez collé à la feuille, écoutant *Who stole the soul* de Public Enemy. Il remontait machinalement ses lunettes qui glissaient sur son nez brillant de sébum. Je n'avais pas besoin d'être discret tant il était concentré sur son trait. Je ne savais pas ce qu'il était en train de fabriquer, mais je sentais qu'il arrivait à s'évader. Je ne l'ai jamais vu aussi investi. Il y passait des heures, tel un artisan peaufinant son geste. Il explorait des styles de lettrages nouveaux, traçait inlassablement la même signature, jusqu'à la maîtriser les yeux fermés. Comme si sa vie entière dépendait de la réalisation parfaite de ces lettres.

Les conditions pour peindre ne sont pas toujours optimales. Dans les tunnels du métro, par exemple, où l'éclairage est incertain et les courses-poursuites avec les agents de la RATP fréquentes. En plein jour, ce n'est pas plus confortable, quand on risque de se faire prendre en flagrant délit à tout moment, ou balancer par un riverain qui ne voit dans cet art éphémère que souillure et dégradation. Il y a aussi ceux qui dépouillent les nouveaux venus, ou qui leur interdisent l'accès à certains lieux. Mais Samir est habile, roublard, son charme opère même dans la rue, même avec ceux qui ne se laissent pas facilement attendrir. Il va se mêler à des groupes pour apprendre comment esquiver un contrôle ou pour choisir les meilleurs endroits à peindre : dépôts de rames RATP et SNCF, palissades de chantier et quais de Seine. Des lieux où la visibilité est forte. On ne cherche pas simplement à manifester son refus de l'autorité, on veut s'affirmer comme élément à part entière de la société. Ceux que l'on ne veut pas voir s'imposent dans une débauche de couleurs, quitte à choquer, quitte à plaire.

Quand Samir s'absentait, je m'aventurais à parcourir son *book*. Il n'avait jusqu'alors été pour moi qu'un destructeur, une personne insensible à toute forme de beauté. Et là, sous mes yeux, s'étalaient des dessins que j'aurais été bien incapable d'inventer, ni même de reproduire. *KAM*, c'était son nouveau nom. Je le connaissais pour l'avoir vu, immense, sur les murs de l'usine qui se trouvait de l'autre côté de la voie ferrée. Il y avait aussi des trains qui le faisaient voyager entre Paris et Beauvais. Mon frère avait posé son nom sur un train ! Je trouvais ça incroyable qu'une chose aussi belle, sauvage et incontrôlable puisse sortir de sa tête. J'éprouvais même de la fierté en pensant que ce qu'il faisait traversait une multitude de villes, rencontrait d'innombrables regards.

Je n'avais que 13 ans, et c'était la première fois que j'avais envie de suivre Samir de mon plein gré. J'aurais bien aimé prendre le même train que lui, découvrir ce qui l'animait, le poussait à vivre en dehors de notre famille. Samir avait trouvé la force de s'inventer une vie en dehors de l'ambiance mortifère de notre foyer. Il se passionnait pour une activité qui provoquait mon admiration. Après tout, il ne faisait plus de mal à personne. Et les murs gris d'une ville ne se plaindront jamais d'afficher la rage, de recevoir des coups portés avec des couleurs.

Je me souviens aussi d'une ouverture de journal télévisé sur Antenne 2, le 1er mai 1991. Le pouvoir de l'information ne suffisant pas, Bruno Masure hypnotise les téléspectateurs de ses yeux bleus et affirme que *la station Louvre-Rivoli a été victime de taggers qui ont recouvert de graffitis les reproductions de statues et de bas-reliefs exposés dans cette station.* La note de nettoyage sera à *la charge de la RATP* précise-t-il contrit, marquant une pause pour asséner la suite *et donc des voyageurs contribuables*, conclusion qui devrait indigner même ceux qui n'ont jamais pris ni vu un métro de leur vie. On recueille ensuite l'indignation des voyageurs et desdits contribuables. *Qu'on leur mette les chiens au cul*, dit une dame. *Qu'on leur coupe les mains*, propose-t-elle ensuite excitée par l'œil de la caméra posé sur elle. Samir s'amuse de la scène, mais il ne se laisse pas distraire. Il se concentre sur les œuvres des *vandales* plutôt que sur les commentaires. Les signatures partout. Le mouvement des lettres, l'affirmation d'un message gratuit, pour tous, contrairement aux publicités qui souillent bien plus le paysage. Les *writers* n'ont rien à vendre, ne promettent rien non plus. Ils ne demandent aucune autorisation pour être libres. C'est sûrement cela qui accroche l'œil de Samir. Il n'a pas peur qu'on lui mette les chiens au cul. Un chien bien plus féroce est à ses trousses depuis des années. À présent, ce chien est devant et c'est lui qui fuit. Quant à ses mains, qu'on essaie un peu de les lui couper. Il n'a pas fait tout ce chemin à travers les ronces pour être pris de vertige au moment où il trouve le moyen de prendre un peu de hauteur. Qu'on vienne le déloger pour voir.

Méru, 1994

À cette époque, j'avais peur d'à peu près tout : d'avoir des amis, de regarder les filles, d'être vu, de me découvrir dans le miroir, de m'aimer, d'aimer ma mère, du mal que je pouvais faire aux autres. J'avais peur de prolonger plus loin cette naissance sans en être délivré. J'avais peur de vivre et de le regretter. Tout me semblait voué à l'échec. Même la mort me semblait impossible. Il m'aurait fallu une mort digne, une mort qui accomplisse au moins un de mes rêves : une seule nuit calme. Mais tous les projets de mort qui germaient dans ma tête n'étaient qu'actes violents et ostentatoires.

J'errais donc dans un monde blafard. Une interminable nuit blanche que le soleil fuirait. Réprimant les passions, les désirs et les incessantes questions. Crevant de vivre. Incapable de résoudre le moindre sourire. Accueillant les regards comme des coups de poignard. Ne parlant qu'avec la certitude de ne pas ouvrir de brèche pour les autres. Je n'avais pas le courage non plus d'être aimé.

C'était le temps des premières amours. Il passait sans moi.

Je me souviens très bien de mon année de troisième, c'est là que j'ai commencé à sécher les cours par dizaines. Je répondais aux profs, m'attirant la sympathie des cancres et l'attention de certaines filles. Je noircissais mon regard, j'affûtais mes répliques pour faire mouche à la moindre contrariété. Je me donnais un genre. Je sabotais ma dernière année au collège, ainsi que mon entrée au lycée. Les commentaires sur mes bulletins de notes ressemblaient à une succession d'alertes et de regrets sur ce potentiel gâché. Je ne me souciais pas plus du présent que de l'avenir. Que m'importait de devenir alors que je cherchais encore les raisons qui avaient poussé un homme et une femme à m'obliger d'être.

J'observais de loin les couples qui se formaient. J'écoutais les garçons parler de leur sexe et des prouesses qu'ils comptaient accomplir avec. Je me mêlais aux conversations en faisant comme si j'avais une vie amoureuse et sexuelle. Tout ce que je savais des filles, je l'apprenais en écoutant Fun Radio où des jeunes faisaient état de leurs expériences. Accepter l'érotisation de mon corps revenait à accepter d'en prendre les commandes, or, mon esprit était ailleurs. Je passais le plus clair de mon temps hors de moi. Négligeant l'enveloppe longue et sèche qui ne disait rien de mes profondeurs. Un corps imposant que je trouvais indécent d'exposer comme une blessure. Je me racontais des histoires où j'arrivais enfin à parler, à percer la nuit d'un seul mot. Je rêvais de manier le verbe, que les mots s'entrechoquent dans ma tête, qu'un feu naisse de toutes ces phrases perdues que je m'obstinais à traîner hors du sommeil, persuadé qu'elles finiraient un jour ou l'autre par atteindre quelqu'un. Je m'entraînais à sourire intérieurement, à donner à ma bouche d'autres formes que celle d'une cicatrice. Je rêvais de poser mes lèvres sur le front de ma mère. La consoler, la rassurer.

J'étais nerveux dès qu'il s'agissait des filles. Je me souviens d'une en particulier, que j'ai fait souffrir. Elle s'appelait Hatice, une cousine de Ferhat. Elle avait été très touchée de ce que j'avais fait pour son cousin. Alors, elle s'était intéressée à moi, avait posé quelques questions. Elle savait déjà qui j'étais puisque Ferhat lui avait souvent parlé de moi. C'était surtout une manière délicate de me faire comprendre ses intentions. Je ne sais toujours pas pourquoi elle est tombée amoureuse de moi. Mise à part cette belle et trop courte relation avec Ferhat, ma réputation n'était pas fameuse. Une de ses copines est venue m'apprendre la nouvelle. Je l'ai regardée, et j'ai éclaté de rire. Incapable de prononcer un mot, pétrifié par l'idée que quelqu'un puisse entrer dans ma vie. Hatice ne s'est pas démontée, ne m'en a même pas voulu de cette odieuse réaction. Probablement parce qu'elle avait vu ce que j'essayais de dissimuler.

La nuit suivante, je n'ai presque pas dormi, troublé par cette annonce. Le visage d'Hatice occupait mes pensées. Je la trouvais jolie, mais ce que j'aimais surtout chez elle, c'était sa façon de parler, la consistance de sa parole, loin du bavardage de la plupart de ceux qui nous entouraient. Comme moi, elle avait perdu toute naïveté à cause de ses parents. Elle vivait déjà dans un monde âpre, accablé par les coutumes coercitives des adultes.

Un jour, elle est venue me parler. Elle m'a raconté qui elle était, ce qu'elle vivait dans sa famille, ce à quoi elle rêvait d'échapper. Je l'écoutais en me disant que cette fille méritait mieux que moi. Je ne me sentais pas à la hauteur de ses rêves, j'étais même impressionné par sa maturité. Nous avions 15 ans et l'un comme l'autre nous vivions dans des familles nocives. Nous aurions dû nous comprendre, si je n'avais pas été si médiocre, si peu courageux face à un parler vrai, à des sentiments purs. C'était une invitation comme je n'en ai jamais eu depuis. J'ai baissé la tête et l'ai laissée repartir en ayant éteint tout espoir. Mais j'ai fait bien pire. Quelques semaines plus tard, lors de la pause du matin, Hatice est passée près de moi pour retrouver ses copines. Elle faisait souvent cela, elle me saluait tous les jours, m'offrait un sourire et repartait sans rien dire d'autre. C'était plus qu'un jeu adolescent, c'était une preuve dont je devais être témoin, chaque jour, une promesse qu'elle tenait. Ce jour-là donc, Hatice s'est écroulée au sol. Elle était épileptique. Je revois son corps secoué par les convulsions. Ses muscles se sont contractés. Elle avait les yeux révulsés. Des camarades se sont précipités vers les bureaux pour prévenir les surveillants. Une fille s'est accroupie auprès d'Hatice, lui a pris la main et répétait son prénom pour la faire réagir. Pendant tout ce temps, je n'ai rien fait, pas un mouvement. Je me suis contenté de regarder son corps chuter presque à mes pieds, se contracter en même temps que mon cœur déraillait. Mon estime de moi a reçu un coup fatal. Après cet événement, j'ai douté chaque jour de pouvoir devenir une personne acceptable.

À la fin de l'année de troisième, Hatice a dû arrêter ses études. Elle venait d'avoir 16 ans et ses parents lui avaient trouvé un mari. En attendant sa majorité, Hatice allait apprendre à être une bonne épouse et préserver sa virginité. À chaque fois que j'étais contraint de passer devant chez elle, je pressais le pas. À chaque fois, la honte m'envahissait. Je ne sais pas ce que j'aurais pu apporter à Hatice. J'avais un appétit féroce d'amour et en même temps j'étais cerné par la peur, empêché par le manque. Jamais je ne me pardonnerai d'avoir méprisé ses sentiments.

MÉRU, 1993

Samir était devenu KAM. Son nom commençait à circuler. Les caïds de la ville ne voyaient pas cette notoriété d'un bon œil. Pas seulement parce qu'il marquait leur territoire avec son nom de *writer*, mais aussi et surtout parce que Samir fréquentait des bandes rivales. Après le déménagement dans l'Oise, Samir avait maintenu, renforcé et étendu ses liens avec la banlieue parisienne. Il y avait de violentes confrontations entre des jeunes de Méru et de Persan-Beaumont. KAM avait donc été désigné *persona non grata*.

Il n'était pas rare que nous subissions les dommages collatéraux de cette inimitié. Des gosses venaient caillasser notre maison, les plus jeunes étaient âgés de 7 ou 8 ans. Ils nous insultaient sans même masquer leur visage. *Sales traîtres ! Espèces de Français !* ou encore *Bouffeurs de porc !* Plusieurs fois, ils ont crevé des pneus ou brisé les vitres des voitures qui stationnaient devant chez nous. Une nuit de 14 juillet, la voiture de mon père, une Citroën

Dyane 6, a été retrouvée sur le toit au milieu de la chaussée. C'était une voiture de prolo, qu'on trouvait dans les casses auto, qui ne valait rien. Mon père n'avait pas les moyens d'acheter autre chose pour aller travailler. Il venait de récupérer son permis après un long retrait pour récidive de conduite en état d'ivresse. Les apprentis mécaniciens ne se sont pas contentés de retourner la voiture, ils ont aussi barbouillé la carrosserie d'injures mal orthographiées. La misère s'attaque souvent à la misère.

Cette année-là, je me suis fait agresser au nom de mon frère. Je sortais des cours, j'étais triste et fatigué, la mort de Ferhat plein la tête. J'avais l'habitude de baisser les yeux quand je croisais certaines personnes, en priant pour qu'elles ne s'en prennent pas à moi. Ce que j'ai fait en apercevant au loin les deux géants noirs qui marchaient dans ma direction. Deux frères qui vouaient une haine farouche à Samir. Ils pratiquaient le taekwondo en club et s'occupaient des plus jeunes adhérents. Ils avaient bonne réputation. Arrivé à ma hauteur, l'un des deux s'est jeté sur moi et m'a collé contre un mur. Je les avais déjà vus plusieurs fois, mais jamais d'aussi près. Il avait un rire fou. *T'es le frère de KAM toi*, a-t-il dit. Je n'ai pas répondu, ce n'était pas une question. Je cherchais mes copains du regard, ils s'étaient reculés de plusieurs pas, stupéfaits. Je les remercie encore de ne pas avoir quitté la scène.

Je me disais que je ne sortirais jamais de cette famille. Je pouvais mettre toute la distance affective que je voulais, il y avait toujours quelqu'un ou quelque chose qui venait me rappeler cette filiation mortifère. Même en m'effaçant, même en n'existant pas, il fallait que je subisse ce qu'ils avaient décidé de devenir. Je savais que tôt ou tard, on s'en prendrait à moi.

Le géant a sorti un couteau à cran d'arrêt de sa poche, l'a agité devant mes yeux avec décontraction, comme si c'était un acte banal du quotidien. *Tu dis rien ? Pourquoi tu dis rien ?* insistait-il. Qu'y avait-il à dire ? Je me le demande encore. Sûrement s'attendait-il à ce que je le supplie de ne pas me faire de mal. J'aurais pu, pour me défendre, lui dire que Samir n'était pas vraiment mon frère, que ce qui nous liait relevait d'une forme dévoyée de fraternité. Son frère l'encourageait à me faire dégorger. *Parle ou je te fume*, a-t-il fait en exposant toute sa virilité. Je n'invitais pas grand monde dans ma parole, il ne risquait pas d'y entrer. Et puis, la parole ne se décrète pas. En me taisant, je me dérobais à sa violence. N'en pouvant plus de se heurter au mur de mon silence, il a fait sortir la lame du cran d'arrêt et l'a enfoncée dans mon ventre, sans se départir de son sourire. Ainsi, ai-je pensé, c'est comme cela qu'on avait décidé de me libérer de la vie : non pas pour ce que j'avais été, mais pour ce que Samir avait fait. Je me souviens avoir fixé mon agresseur dans les yeux. C'était un affront, mais s'il devait me tuer, je voulais qu'il sache, en voyant mon innocence, qu'il ne m'atteindrait pas tout à fait. Je ne savais pas pourquoi je faisais ça, pourquoi je m'accrochais à ce dernier acte. Peut-être était-ce une intuition sur la vie. De nombreuses années me séparaient de l'œuvre d'Emmanuel Levinas et depuis, il n'est pas rare que j'y trouve des significations à certaines expériences de l'existence : *il y a dans le visage une pauvreté essentielle,* a-t-il écrit dans *Éthique et infini, la preuve en est qu'on essaie de masquer cette pauvreté en se donnant des poses, une contenance. Le visage est exposé, menacé, comme nous invitant à un acte de violence. En même temps, le visage est ce qui nous interdit de tuer.*

Je me souviens du silence autour de nous. J'aurais pu croire à ma mort. Un rire l'a brisé, puis un autre. Je ne comprenais pas. Je ne ressentais aucune douleur. Le géant m'a relâché, je me suis effondré. J'ai regardé mon ventre, rien. Il m'avait pointé avec une fausse lame, un gadget de fête foraine ou que sais-je. La peur elle, était bien réelle, et s'ajoutait à toutes les autres. Il était fier de son coup. Il a craché à côté de moi et a repris son chemin, naturellement, comme si simuler le meurtre était une distraction comme une autre. Son rire m'a hanté jusqu'à ce que je m'endorme. Et les nuits suivantes, je me suis réveillé en sursaut en prenant mon ventre à deux mains. Pendant plusieurs jours, je suis rentré chez moi en courant.

Malgré eux, les deux géants m'avaient donné l'occasion de faire l'expérience d'une fin. J'aurais pu me contenter de penser que la mort n'était pas passée loin. Et j'ai préféré me dire que c'est moi qui avais failli passer à côté de la vie. Je gardais cette idée dans ma tête, la ressortais de temps à autre, quand le découragement m'engourdissait l'esprit. Il me fallait être patient, un jour je saurais moi aussi entrer dans la vie.

*

De son côté, KAM réussit à trouver une voie. Il apprend à maîtriser différents outils : bombe de peinture, *Posca*, torche, éponge... qu'il trimballe dans des sacs en plastique. Avant de s'attaquer à des *pièces* plus importantes – dans le milieu du graffiti, une peinture imposante qui demande des heures de travail se nomme une pièce – Samir s'essaie au *throw up*, très en vogue à cette époque, qui est le contraire d'une pièce. Il s'agit d'une peinture entre le tag et le graff, réalisée rapidement avec des lettres plutôt potelées. KAM pose son nom sur des camions et des rideaux de fer. Cette technique permet de recouvrir de nombreuses surfaces en un temps record, il y en a même qui les exécutent en marchant, sans prendre le temps de s'arrêter. Une véritable frénésie expressive et créatrice. Samir y met tant d'énergie, que le petit dernier – qui l'a pris définitivement comme modèle et qui le suit dans tous ses projets – ne rêve que de prendre le même chemin. Bientôt majeur, il se soustrait lui aussi aux études et accompagne son frère dans ses pérégrinations urbaines. Il faut dire qu'il n'a trouvé aucun autre modèle à suivre, ni à l'école, ni dans la rue (pas encore dans la rue), ni à la maison (surtout pas à la maison) où le père est empêtré dans ses déboires économiques, l'esprit embourbé par les dettes et l'alcool.

Après l'épisode de la station Louvre-Rivoli, la répression s'est durcie pour les *writers*. La RATP a créé des brigades spécialisées pour dissuader les vandales. Un genre de milice anti-tags. Le directeur départemental environnement et sécurité de la RATP en appelle à *l'union sacrée* pour lutter contre les tags. Désormais, les fortes amendes peuvent être accompagnées de peines de prison.

Un après-midi d'automne, la police a déposé les deux frères à la maison. Flagrant délit de dégradation de l'espace urbain. Ils venaient de passer la nuit en garde à vue. Avec leurs casiers déjà bien fournis, c'était la dernière étape avant la case prison. Face aux policiers, le père n'a rien dit, ou alors juste un remerciement nerveux. Il n'a pas eu un regard pour ses fils. Il parlait si peu que les deux frères se préparaient à de violentes représailles de sa part. Ils étaient loin du compte. C'était un déferlement de coups qui les attendait. Je m'étais réfugié une nouvelle fois dans les combles mais je me souviens des mots qu'a employés notre père pour accompagner la force. Comme pour l'épisode du nerf de bœuf, j'avais dans l'idée de tout enregistrer. C'était des phrases répétitives, toujours les mêmes, où il était question de son honneur. Il tenait à leur faire entrer dans le crâne qu'on ne faisait pas ça à un père.

La police ! Chez moi !

Des coups ponctuaient ces mots.

La honte sur moi ! Qu'est-ce que je vous ai fait ?

Suivaient des insultes en arabe.

J'ai quitté la voix de mon père pour me concentrer sur les râles de Samir et du petit dernier. Leurs cris me vrillent encore les tympans. L'homme qui aurait pu être leur père les fouettait avec sa ceinture après leur avoir ordonné de s'agenouiller. Samir aurait pu le renverser. Il était assez costaud pour l'envoyer au tapis. Mais il s'est contenté de se mettre entre la ceinture et le dos du plus jeune. Alors, l'homme est devenu ivre de colère, par chance, il n'avait pas encore bu, car qui sait jusqu'où il serait allé. Un silence irréel est tombé sur la maison. Je savais que ça allait reprendre, mais je voulais voir, encore. Je ne devais pas laisser ma mère seule assister à ce drame.

Il est allé chercher du gros scotch marron et de la corde. Il a commencé par les bâillonner avec le scotch, puis il leur a attaché les pieds et les mains comme le ferait un tortionnaire avec ses otages. Les deux frères étaient ventres au sol, dans la posture forcée de l'arc, pieds et mains ligotés dans le dos. Ils ont passé toute la nuit comme ça, pissant sur eux, pleurant, implorant qu'on les détache. Je me répétais : on ne fait pas ça à ses enfants. Je n'ai pas su quoi dire. Ni ma mère. Notre silence devait lui paraître encore plus insupportable, car il nous a asséné : *Ça vous regarde pas. C'est mon problème.*

Mais il nous a tout de même fait complices de ses supplices.

Je n'ai pas pu dormir cette nuit-là. Malgré le bâillon, les râles prenaient possession des murs de la maison et de mon cerveau. J'ai voulu faire quelque chose pour eux. Malgré toute la distance accumulée entre nous depuis des années, ils restaient des frères. J'ai descendu chaque marche le plus discrètement possible. Il y avait une lueur sous la porte du salon. Je me suis dit qu'il avait conservé une once d'humanité en leur laissant la lumière. J'ai entrebâillé la porte. Le père était assis et veillait les dépouilles de ses enfants.

Il fumait et buvait. Il essayait encore de trouver un répit dans l'alcool, une paix impossible. Il m'a vu et m'a lancé un *Va te coucher !* tonitruant. J'étais terrifié par son regard vitreux. Il semblait perdu, dépassé par ses propres actes. Ses négligences gisaient à ses pieds.

Va te coucher ! Il aurait tout aussi bien pu me dire *Va mourir !* Comment peut-on fermer les yeux sur pareil spectacle ? Comment s'en détacher sans perdre la raison ? Je n'oublierai jamais ces deux corps qu'il tentait de faire disparaître.

L'homme avait beau contorsionner les corps de ses fils, il n'arriverait jamais à leur redonner la forme des enfants dociles et fidèles à la foi du père.

Le lendemain matin, le père a délivré ses enfants. Le temps de retrouver la force de se relever, les deux frères ne se sont pas lâchés du regard, la torture qu'ils avaient endurée ensemble les liait pour la vie. Une fois debout, Samir l'a défié, lui a dit avec un calme confondant : *T'es plus mon père.* Le père a voulu riposter, mais il n'a pu que reculer face au visage déterminé de son fils. Il restait sans parole, les bras ballants, cherchant une preuve contradictoire, sans parole car contraint d'admettre que tout l'accablait. *T'es qu'un alcoolique !* a continué Samir, en hurlant cette fois. C'est là que la fureur du père est revenue. Le nerf de bœuf a fendu l'air, touchant parfois sa cible. Mais Samir ne craignait plus les coups. Il craignait le silence. C'est pourquoi les mots sortaient. *Un putain d'alcoolo !* Samir a ouvert la porte-fenêtre et poussé son frère à l'extérieur pendant que son dos recueillait encore un coup. L'homme réagissait avec plus de virulence à la deuxième affirmation, comme si être un alcoolique était plus infamant que de ne plus être un père.

Les nœuds que le père avait froidement serrés autour des membres de ses enfants, il ne pourrait plus jamais les défaire.

Les deux frères sont partis, soulagés d'avoir enfin exprimé la vérité.

ANNABA, 1980

Khadija n'envisage pas de quitter Annaba, une ville nécessairement douloureuse pour sa mémoire. Elle ne cesse de se répéter que si ses enfants revenaient un jour, elle doit rester là pour faciliter leurs recherches. Cinq ans déjà qu'elle se vide d'espoir.

Elle n'a pas refait sa vie.

Peu de personnes ont écouté sa peine et pris la mesure de sa dévastation. Khadija était obligée de rentrer ses paroles, d'en faire du mauvais sang.

On ne se plaint pas des hommes par ici. On a rapidement admis qu'il y avait sûrement une bonne raison pour que son mari l'ait quittée en prenant leurs enfants. Il arrivait que les plus sceptiques tissent eux-mêmes une explication satisfaisante. Parfois, celle-ci naissait d'une entente tacite entre commentateurs. Parfois encore, on balayait toutes autres raisons qui viendraient ébranler la cohésion du groupe. Car la folie ne peut pas être du côté des hommes, la femme ne sait ni tenir sa langue ni ses faiblesses. Et puis, avec le temps, on a fini par ne plus donner d'importance à cette histoire. Les jeunes filles qui commençaient à regarder Khadija l'insoumise avec envie, on leur éclaircissait les idées : *Elle ne vit plus parmi nous. Elle est possédée. Que Dieu nous protège.* On mettait suffisamment de conviction et de crainte dans la voix pour éviter que le mystère de cette femme-fantôme ne s'épaississe davantage et ne malmène plus longtemps l'entendement des jeunes esprits.

Ces voix n'avaient pas tout à fait tort. Khadija ne vit plus vraiment parmi elles, elle vit au pays des disparus. Alors elle se parle à elle-même, elle ancre sa voix dans le noyau de son cœur :

Je n'ai plus de voile ni de masque, je suis telle que vous me voyez : exclue et humiliée. Mon malheur devient muet dans vos bouches. Vous ne savez pas et vous ne saurez jamais comment mon ventre a été lacéré. Vous avez beau détourner la vérité de la plaie qu'est devenu mon corps, ce n'est pas moi qui suis folle. La folie c'est l'absence de mémoire. Chaque jour, je fais du souvenir de mes enfants un événement. Le visage de mes enfants résiste au temps.

Khadija s'acharne à faire vivre ses enfants. Elle les voit grandir. Elle s'inquiète pour eux. Elle formule pour chacun d'eux des vœux de réussite et de bonheur. Elle chantonne *Ya chta sabi sabi* en fermant les yeux, et derrière ses paupières dansent les cheveux noirs des jumelles. Elle entre dans une sorte de transe pour tenir à distance le désarroi qui la guette. Elle dénoue ses cheveux et pleure à en inonder sa chambre. Elle halète, elle frémit dans les sombres couloirs de ses pensées. Ses plaintes désespérées sont bâties comme des chants frêles qui font tomber la fièvre et l'angoisse. Elle essaie de vivre en dehors des douleurs qui l'emmurent.

On la dit perdue, aveugle, incapable de reconnaître les siens. On affirme qu'elle est allée trop loin dans le chagrin.

Il arrive que certaines nuits, Khadija se réveille en sursaut, alertée par les cris du petit dernier. Ces quelques secondes où l'esprit a été trompé sont un supplice. La tête encore bourdonnante, elle s'agenouille au pied du lit, emmitouflée dans la couverture qui a réchauffé chacun de ses bébés. Et là, frissonnante malgré tous ses efforts, Khadija regarde la nuit dans les yeux. Les prénoms de ses enfants effleurent ses lèvres, elle en égrène chaque lettre comme le croyant son chapelet. Elle dévide le ciel de toutes ses histoires. Il n'y a plus que ses prières qui comptent.

Je t'ai parlé comme on se taille les veines. Et toi, que peux-tu faire pour moi ? chuchote-t-elle, avant de tomber de fatigue.

Une poignée d'amies ne lui ont pas tourné le dos. Des années durant, elles se relaient pour lui ouvrir les yeux et s'assurer de son pouls. Sans elles, Khadija aurait sombré. Ses amies tentent comme elles peuvent de la protéger des rumeurs et du mauvais œil. L'une d'elles l'emmène sur la tombe de Sidi Hmeïda, saint marabout qui protège Annaba, pour lui demander assistance. Une autre a contacté un *râqi*, « médecin » réputé pour avoir guéri des femmes stériles. Il vient à plusieurs reprises pour la sauver des démons que son mari a laissés entrer dans sa tête. *L'infortune a ébranlé ta foi*, dit le mystique médecin à Khadija. *Tes blessures sont des proies pour l'esprit malin.* Même voûté dans son burnous, l'homme paraît encore très grand. Ses yeux se retournent lorsqu'il recourt aux premières invocations.

À l'extérieur de la maison, Khadija perçoit les voix mêlées de ses amies qui chantent une mélopée de soutien.

Khadija écoute le *râqi*, mais elle se dit que si ses blessures attirent les démons, alors l'homme qui a volé ses enfants et qu'elle n'ose plus appeler son mari, doit se consumer de l'intérieur. Son cœur ne doit plus être qu'un tas de cendres. Le *râqi* lui fait boire une tisane et lui donne une amulette. Ensuite, il allume un feu dans la maison et se met à brûler des herbes et des parfums. À défaut de guérir, les fumées ont le mérite de désinfecter l'atmosphère. La parole de l'homme s'emballe au rythme de la flamme. Khadija aimerait que son malheur soit comme ce feu qui a grandi et qui finira bientôt par s'éteindre. Elle laisse pourtant le *râqi* asséner ses invocations et ses prédictions. La première séance lui apporte un semblant de consolation. Dès la deuxième, son malheur se heurte au mur des croyances : Pourquoi les *djinns* l'ont choisie elle plutôt que son mari ? À la troisième visite,

Khadija le congédie avant qu'il ait prononcé un seul mensonge.

L'origine de ses maux n'a rien à voir avec la sorcellerie.

Et contrairement à ce que pensent ses amies, son chagrin n'a pas déformé toutes ses perceptions.

Khadija ne veut pas guérir de ses visions. Elles lui permettent de se lever le matin, de respirer. Ses visions représentent tout ce qu'on ne peut plus lui arracher. Elles maintiennent la mère en vie.

Vivre sans ses enfants, c'est vivre sans présent.

Elle est une femme du passé.

Méru, 1994

J'ai 15 ans et je ne sais plus si je dois vivre ou continuer à me taire. Je cherche des points de chute à mon esprit qui se déforme sous les coups de boutoir de la colère. Celle-ci parle pour moi, elle me permet de ne pas sombrer. C'est une colère qui rend justice à la dérive du père. Mon silence a atteint un point critique. Il y a longtemps, j'ai fait entrer l'espoir d'un père en moi. Cet espoir écrase toute forme de pardon. La haine devient la phase terminale de cette filiation. C'est un palliatif pour m'en affranchir.

Lorsqu'on m'interroge, je ne sais plus quoi dire. Alors je ne parle pas. Les mots qui sortent ne sont pas des mots, ils transportent à peine un peu d'oxygène. Je travestis mon langage. Je m'accoutume au mensonge. Je laisse un autre parler à ma place. Parfois, le silence même me manque. Pour exister vraiment, il faudrait que je pense à voix haute, que je laisse la parole exploser et me réduire au présent.

Je débarque en seconde générale, déprimé et à vif. Je compte les pas entre la maison et le lycée. Je compte les battements de mon cœur. Je compte les minutes qui me séparent du monde. C'est un temps vertigineux qui tue l'idée du temps.

Je me colle à un groupe pour faire diversion. Du coin de l'œil, j'observe les filles qui ne me regardent jamais. Comment les blâmer ? Je suis fermé à double tour. Je vois les autres se construire par le langage, charmer, séduire, célébrer, amuser, penser, critiquer, projeter, illuminer, sacraliser. Accéder à l'autre. Alors que pour moi, le langage n'est encore qu'une imposture.

J'entre en classe sans désir de conquête. Convaincu que le cri qui me déchire n'a d'écho nulle part. Une petite voix m'ordonne tout de même de donner au savoir une chance de me délivrer de ce poids qui me tue. J'écoute, j'essaie de travailler, mais l'économie, les mathématiques et l'histoire surtout ne valent pas mieux que du vinaigre pour attirer la plus stupide des mouches. J'entrevois pour mon avenir autant de perspectives que cette mouche peut en avoir sur une vitre. Tout est là et pourtant rien n'est là.

À cette époque, je traîne avec deux garçons que je connais depuis le collège. Des fils d'immigrés marocain et algérien. Avec eux, j'entrevois la possibilité de faire exister mon autre moi : Habib. Habib est comme un mort qui me parle depuis cinq ans. Sa voix recouvre tout. Un vacarme se superpose à un autre. Habib me questionne : Comment ai-je pu le laisser vivre ça ? Je ne sais pas lui apporter de réponse depuis que lui et moi avons accepté la lâcheté du père avec ce voyage en Algérie. Il est une morsure permanente. Qui me hante. Qui me fait douter de tout. Je souffre d'un pays que je ne connais pas et qui me retient malgré moi. Et pendant ce temps, mon père se tait. Cinq années se passent sans qu'il ne revienne une seule fois sur le but inavoué de ce voyage. Il ne s'inquiète pas de la cicatrisation dans les semaines qui suivent. Il écoute ma mère lui parler de mes angoisses nocturnes, sans ciller. Je ne suis plus le même, il a tué l'enfant que j'étais. Mon enfance s'est achevée et il ne dit rien sur les conséquences d'un tel acte sur mon corps, sur ma sexualité, sur mes pensées. Malgré cela, j'attends un signe de sa part. Cinq années durant lesquelles je me demande à quoi sert la souffrance. Chaque jour je rencontre son regard et je cherche ce que je peux faire de plus pour me rapprocher de lui, qui se dérobe sans cesse. Je me heurte à son passé. J'ai honte de ne pas savoir qui je suis. De ne pas savoir expliquer pourquoi je suis incomplet. Je ne sais pas réconforter Habib.

Ces deux garçons donc, en qui je cherche des frères, sont tous les deux musulmans. Ils m'encouragent à laisser vivre Habib, à rattraper les erreurs de mon père : *l'Arabe qui se prend pour la doublure d'un Français*. Ils m'accueillent dans leur maison, me laissent découvrir leur famille et les coutumes qui les ordonnent. Leurs parents m'invitent à leur table et me regardent avec compassion. Ils ne comprennent pas que mon père puisse me laisser sans identité.

Ils me demandent : Pourquoi tu ne parles pas arabe ? Pourquoi ton père te laisse si loin de ton pays ? Des pourquoi par dizaines.

Je me consume de honte sous leurs yeux. Je ne sais pas répondre. Je ne sais qu'imaginer. Mes amis peuvent parler de leurs parents pendant des heures, donner des anecdotes en tous genres, ils sont intarissables quand il s'agit des liens du sang. Moi, je ne sais pas défendre mon père. Pire, au milieu de ces inconnus qui tentent de me réconforter, je prends conscience qu'il est indéfendable.

Ils prennent mes silences pour de la pudeur. M'honorent pour cela.

En moi je pense : Je ne fais que me taire comme mon père.

Je découvre une culture dont j'ai été privé. Avec ces frères qui m'acceptent malgré cela, je découvre que je suis tout à fait capable d'être un Arabe. Je tiens à le prouver à mon père.

Cela ne tombe pas dans l'oreille d'un sourd. Je suis sans origine, sans foi et presque sans famille : il n'y a plus qu'à me cueillir. Là où mes amis m'emmènent, on peut régler tous mes problèmes à la fois. La mosquée du quartier est exiguë et sans fenêtre. Ce n'est pas une cave où se tiennent des réunions interdites, mais on a quand même l'impression de transgresser la loi en y pénétrant. C'est une sensation violente que de se sentir clandestin dans son propre pays. La seule vertu de ce lieu est la modestie, loin des édifices présomptueux où l'on théorise le ciel. Où l'on se bâfre de superlatifs divins. La salle est à l'image des paroles de l'homme qui souhaite nous éclairer, mes frères et moi. C'est un homme doux et généreux. Je n'ai rien contre lui, il fait ce pour quoi il croit être né. Ses mots chevauchent des vérités qu'il définit comme incontestables. Il manie le verbe pour nous impressionner et nous montrer le bon chemin. Le seul. Je suis assidu parce que j'ai besoin de laisser naître des étoiles dans la nuit de mon existence. J'apprends quelques mots d'arabe. Je récite sans comprendre. Ma prononciation est abominable, un accent *à la scie sauteuse*, comme le chante Magyd Cherfi. Je fais de mon mieux car on m'encourage chaleureusement. Plusieurs pères du quartier saluent mon revirement. *Tu vas racheter les péchés de ton père*, me disent-ils, confiants. Ils sont également très heureux pour moi car je vais retrouver les miens. Je ne suis plus une âme égarée. Pour ma part, même si je me sens toujours à la périphérie de ma vie, je me satisfais de cette reconnaissance. J'ai cessé de manger du porc sans que mon père hausse un sourcil. Il n'aura pas plus de réaction lorsque je lui apprendrai que je fais le ramadan. Autant d'élans vers mes origines, dont la disparition m'obsède.

Cette quête maladroite ne dure que quelques mois. Le temps de comprendre que me dissoudre dans les croyances des autres ne résout rien. Je décide de ne plus m'encombrer d'une présence divine. Je ne supporte plus d'être reconnu et défini par tout ce qui m'a manqué. Je n'ai pas à ramasser tout ce qu'il a abandonné. Je n'ai pas à réparer tout ce qu'il a brisé. Je n'ai pas à *racheter* tout ce qu'il a dilapidé. Je n'ai pas à me battre pour ça. Je n'ai pas à accepter de croire à tout et n'importe quoi. Je peux à la rigueur tenter de retrouver tous les mots dont il s'est débarrassé. Je saurai me distinguer autrement. Je saurai être reconnu par d'autres que lui. Surtout, durant tous ces mois passés à la mosquée, je n'ai pas entendu les paroles qui m'auraient tiré vers la lumière. Du jour au lendemain, je ne mets plus les pieds au quartier et je m'écarte de mes frères de substitution.

*

Peu de temps après, mon père est mort à mes yeux. Il avait invité des amis à déjeuner. Un couple avec deux enfants bien plus jeunes que moi. Je fuyais ces repas comme la peste. La plupart du temps, les invités étaient soit déjà saouls en arrivant soit ils l'étaient en partant. Ma mère jouait les passe-plats et était une caution de normalité. Moi, j'étais là sans y être. Attendant le feu vert pour manger, pour parler, pour sortir de table.

Je n'avais jamais vu ce couple qui semblait bien différent des compagnons de beuverie de mon père. Propres sur eux, polis, parlant un langage soutenu.

Tout s'est bien passé jusqu'au dessert, j'entends par là que l'alcool n'avait pas encore envenimé les esprits. Cette quasi sobriété m'inquiétait tout autant. Soudain, la discussion s'est orientée vers la politique française, sujet peu abordé chez nous. L'invité était intarissable sur les magouilles des uns et les coups fourrés des autres. Selon lui, ils avaient bien sûr tous la même origine. Il m'a fait un clin d'œil complice. Il jubilait de voir ses hôtes si ignorants, car lui savait. Emporté par son élan et le silence des auditeurs qui lui cédaient volontiers le terrain du débat, l'homme a déployé toutes ses *déductions* en matière de politique étrangère, d'économie et d'histoire. D'après lui, on retrouvait toujours les mêmes personnes aux manettes. *Franchement*, a-t-il dit les lèvres luisantes, *qui peut avaler la Shoah ?*

Un silence convenu s'est abattu dans le salon. Je fixais mon père qui restait sans réaction. J'avais l'habitude qu'il laisse dégoiser ses copains de beuverie pour éviter les fâcheries, ma mère et moi subissions leurs remarques misogynes, les calembours homophobes et autres saillies idiotes qui façonnent la beauferie ordinaire. Mais ce jour-là, je gardais encore l'espoir qu'il s'interpose de sa voix tonitruante. Qu'il fasse rempart de son intelligence. Car je le savais intelligent. Je l'avais entendu plusieurs fois réagir au conflit israélo-palestinien en ces termes : *Les Arabes aussi sont des Sémites. Les Juifs et les Arabes sont des frères qui s'entretuent.*

Alors pourquoi se taire ? Que cherchait-il à préserver ? Son image ?

Je me souviens que c'est la fille du couple, âgée de 7 ou 8 ans, qui a rompu le silence. Elle tournait autour de son père pour lui demander ce qu'était la Shoah. Pour toute réponse, l'homme l'a chassée comme une guêpe hargneuse. Il y a des gens qui parlent depuis les zones ravagées de leur cerveau. Ils n'expliquent jamais rien et pensent ce rien qui les construit comme un tout.

À défaut de mots, mon père aurait pu empoigner l'homme par le col et le jeter dehors. Ou mieux encore, il se serait penché vers la petite fille pour lui expliquer que la Shoah n'est pas un mot qu'on chasse de son esprit d'un simple revers de la main. J'aurais pu lui faire crédit de cet acte généreux. J'aurais peut-être même accepté qu'il se comporte comme un père avec l'enfant d'un autre, et oublier tout le reste.

Une fois encore, il ratait une occasion de ne plus considérer sa vie, et la mienne, comme une fatalité. Une fois encore il faisait montre de servilité à la première parole venue. L'homme que mon père avait fait entrer chez lui pouvait donc tenir des propos négationnistes en toute liberté et tenir sa langue au-dessus des lois. Il était presque surpris de ce manque d'opposition, il a poursuivi son enchaînement d'idées monstrueuses. Il avait étudié un certain nombre de sujets de près et l'amoncellement de ses connaissances *précises et vérifiées* l'avait conduit à la conclusion suivante : *Un bon Juif est un Juif mort.*

Je me souviens de la petite fille qui s'était réfugiée sur les genoux de sa maman après que son père a rabroué sa curiosité. À ces mots, *Juif mort*, elle s'est levée d'un bond et s'est mise à faire tourner sa robe en chantant *Juif mort, tu dors, ton moulin ton moulin va trop vite, Juif mort, tu dors, ton moulin ton moulin va trop fort*. Le visage du père s'est éclairé, il a attrapé sa fille par la taille et l'a embrassée sur le front.

J'ai regardé la femme qui montrait ses dents blanches. C'était une réponse obscène. Elle avait dû entendre cette sentence des centaines de fois, et son sourire laissait croire que c'était la première. Je me suis demandé qui d'elle ou de son mari parodiait les comptines pour les apprendre aux enfants. En y repensant après coup, j'ai eu de la peine pour la petite fille.

J'ai regardé mon père. Il souriait, attendri par l'affection de son invité pour sa fille. Cette dernière, ravie d'être la fierté de ses parents, et pour montrer à quel point elle était obéissante, a repris son refrain funeste. Mon père s'est servi un verre de vin, a rempli le verre de l'homme. Si j'en avais eu le courage, je lui aurais cassé les dents pour ne plus jamais voir ce sourire de défaite.

J'ai regardé ma mère qui guettait ma réaction. Elle a mis sa main sur la mienne, pour me signifier de ne pas intervenir.

J'étais déjà l'esclave du silence de mes parents. Il m'était insupportable de devenir l'esclave des paroles ignobles d'un inconnu.

J'ai quitté la table en criant : *Sale putain de fasciste !* La petite fille a arrêté de chanter, pétrifiée. Elle m'a regardé comme on regarde un fou et s'est accrochée au bras de son père. Dans sa tête, je venais de blasphémer son Dieu.

Je suis allé dans ma chambre où ma colère ne faisait que monter. Je rongeais mes ongles, je tremblais de haine. J'avais les joues en feu. Je donnais des coups de pied dans le bois du lit. Je continuais de crier des insultes qui visaient aussi bien l'homme que mon père : complices dans l'indignité.

Mon père a fini par me rejoindre. Il m'a ordonné de me taire.

Je me disais qu'ils ne méritaient pas d'être parents, ni même d'être vivants.

J'ai dit à mon père, en le défiant du regard, que si l'homme ne quittait pas la maison, c'est moi qui partirais. Je quitterais cette maison pour ne plus y revenir. Ma mère était appuyée contre le chambranle. Elle mangeait l'intérieur de ses joues, comme à chaque fois qu'elle était confrontée à une situation stressante. C'était un tableau pathétique que ce résidu de famille qui ne tenait plus qu'à la loi scélérate de notre sang.

Mon père n'a pas insisté, il avait réussi à déchiffrer la fureur dans mes yeux.

J'affirmais que l'homme qui respirait devant moi était mort.

MORT car incapable d'opposer le moindre mot à cette phrase : *Un bon Juif est un Juif mort*. Quand on ne trouve rien à redire à ça, c'est que votre parole ne vaut plus rien. Que vous êtes en cendres à l'intérieur. Quand on accepte qu'une seule bouche prononce ces mots, on se fait complice de l'ignominie. Les mots peuvent faire naître ou empêcher la barbarie. Les voix font nombre. Personne ne peut se dire innocent en se taisant. Il n'existe pas de zone de langage neutre.

C'était notre histoire à tous que cet homme niait. Comment peut-on falsifier la mémoire de ses enfants ? Comment peut-on laisser une ritournelle ordinaire devenir un appel à la haine ? Comment peut-on affamer l'intelligence de ses propres enfants en les privant de vérité ?

Ce jour-là, il n'y avait qu'un mot à dire. Il n'y avait qu'un mot à défendre. Mon père est mort en ne disant pas *non* à cet homme.

Paris, 1994

Après avoir quitté Méru, les deux frères ont été hébergés par des copains. Puis ils ont fréquenté des squats et des foyers de jeunes travailleurs. S'il n'y avait de la place que pour une personne, ils préféraient rester ensemble et dormir dehors, ce qu'ils ont fait régulièrement les premiers temps. Samir s'inquiète pour le petit dernier, à peine majeur et déjà dans la merde. Ils écument bon nombre de villes du nord de la région parisienne au gré des adresses et des mains qu'on leur tend : Sarcelles, Garges-lès-Gonesses, Villetaneuse, Saint-Denis, Saint-Ouen, Aubervilliers, Aulnay-sous-Bois… Ils passent de temps en temps devant le tribunal pour enfants de Bobigny, où ils auraient pu, quelques mois plus tôt, attirer l'attention d'un juge sur les actes de maltraitance qu'ils ont subis et la mise en danger du petit dernier qui était encore mineur. Mais l'un et l'autre veulent se débrouiller tout seuls et n'attendent rien de la justice, car pensent-ils, la justice elle, n'attend qu'une chose : un faux pas de notre part pour nous envoyer en prison. Ils ne souhaitent pas non plus que leur père soit inquiété, même s'ils sont en colère contre lui, le devoir de loyauté domine. Et puis, ils ne sont pas des balances. En son for intérieur, Samir considère l'alcoolisme de son père comme un châtiment bien plus sévère que toute autre peine qu'un juge pourrait lui infliger.

Samir finit par trouver un emploi stable dans une supérette du 18e arrondissement. Il ne s'imaginait pas travailler dans ce genre d'endroit, mais pour l'instant ça paie le loyer exorbitant du studio qu'il partage avec le petit dernier et qu'ils ont eu le plus grand mal à avoir. En fait, il s'agit plutôt d'un réduit, *une chambre de boniche* comme le désigne le bailleur une fois le contrat de location paraphé. Les deux frères doivent se montrer très discrets et faire preuve de malice pour duper le propriétaire qui ne veut pas de colocation, encore moins à deux hommes. *Je ne fais pas confiance aux pédés, on ne peut jamais leur tourner le dos*, dit-il en ricanant puis en exagérant une moue de dégoût. Il n'a rien contre les frères ou les amis qui décident de vivre ensemble, mais *il trouve ça louche, quand même,* alors c'est niet, simplement parce que l'idée le répugne et qu'il n'a pas envie de se faire des films à chaque fois qu'il entend un peu de bruit dans les trois appartements qu'il loue beaucoup trop cher. Déjà qu'il tolère les étrangers. En réalité, s'il pouvait, il les évincerait, mais *il n'y a qu'eux pour accepter de vivre dans ces trous à rats*, a-t-il cru bon de préciser à Samir lors de la signature du contrat. Le propriétaire est de ces hommes qui gardent sans arrêt à l'esprit la chance inespérée de leur position, et qui fort de leur pouvoir s'autorisent à étaler au grand jour, et sans honte, le fond de leur pensée médiocre. Quand certains osent contester la salubrité du logement ou négocier le loyer, il s'emporte et assène un *La loi me le permet !*

Samir règle le loyer à temps et ne se plaint pas du délabrement des parties communes, pas plus que de la merde qui remonte par la cuvette des WC, qui ne paraît pas être uniquement utilisée par les trois locataires mais par l'ensemble du quartier. Samir ne se fait pas remarquer, mais il n'oublie pas toutes les mauvaises paroles proférées et il compte bien faire valoir ses droits quand viendra la trêve hivernale. Les mois passent, logement et emploi lui permettent de rassurer les services judiciaires qui suivent de près ses efforts pour apurer ses comptes envers la société.

Samir fait profil bas. De toute façon, il ne sait toujours pas ce qu'il veut faire de sa vie. Ce travail ne mobilise que partiellement son attention, ce qui lui laisse du temps pour penser à l'avenir. Il y a des jours où il envisage de reprendre ses études. De préparer un BTS action commerciale. Il pousse son frère à s'inscrire dans des formations. À présent, ils ont un toit sur la tête et la sécurité d'un salaire. Mais le petit dernier, grâce à ses combines, peut se faire la moitié de ce salaire en une seule journée. Il préfère donc se perfectionner dans des activités moins honnêtes.

Samir ferme les yeux. Il lui fait simplement promettre de ne pas tomber dans le trafic de drogue.

En attendant des temps meilleurs, Samir remplit des rayons, passe en caisse lorsque l'affluence l'exige ou nettoie les réserves quand, à l'inverse, les clients se font plus rares. Il s'entend bien avec ses collègues qui apprécient sa disponibilité, le petit coup de main qu'il est toujours prêt à donner. Les clients habitués de la supérette sont également très contents de cet employé qui *fait très sérieux*.

En fin de journée, Samir est missionné pour mettre à la benne les denrées dont la date de péremption arrive à terme. Il vit très mal cette tache qu'il considère comme une insulte à la pauvreté, aux millions de précaires qui s'en sortent en fin de mois grâce à l'ingéniosité et à la frugalité. Toute cette nourriture au fond de la benne lui donne la nausée, il n'a pas les moyens de se payer des fruits et légumes et il se contenterait largement, comme des millions d'autres, de ces filets balancés à la poubelle parce qu'un fruit sur tout le lot est un peu gâté. Quelques jours après la fin de sa période d'essai, il fait remarquer au gérant que les produits jetés sont encore consommables et que l'entreprise peut très bien en faire don à une association. L'homme flasque de corps et d'esprit lui répond qu'il ne veut pas d'emmerdes avec les services d'hygiène. Samir insiste, en soumettant l'idée de distribuer les articles les moins dangereux, comme l'épicerie sèche. Il lui dit aussi qu'après en avoir discuté avec ses collègues, plusieurs d'entre eux seraient très intéressés pour racheter les denrées à dates courtes, à moitié prix par exemple. L'homme l'écoute, intrigué par ce ton qui oscille entre la douceur et la nervosité. Samir a 22 ans, le responsable en a le double, ce qu'il croit être une raison suffisante pour répondre avec moitié moins d'arguments. Il arbore en permanence l'air de celui à qui on ne la fait pas. Il lui rétorque donc qu'il devrait plutôt s'occuper de ses affaires s'il veut conserver son poste. Pour clore les débats, il l'informe que dorénavant, il devra aussi asperger les produits jetés dans la benne avec de l'eau de Javel.

La nuit qui suit, Samir revient sur son lieu de travail. Il porte des vêtements sombres, une capuche lui tombe presque sur les yeux. En moins de trente secondes il recouvre la devanture de la supérette avec trois grosses lettres. *KAM*. Samir pense à la tête que fera son responsable le lendemain matin à l'ouverture ; son visage ravagé par la colère le dédommagera de l'humiliation de la veille.

Cette sortie nocturne lui donne envie de reprendre le graffiti. Il se remet à travailler des lettrages aux angles plus incisifs. Samir veut limiter les risques de se faire attraper, il concentre son activité de *writer* sur le week-end. Notamment dans les 18e et 19e arrondissements. Du parc des Buttes-Chaumont où il va tuer quelques heures en compagnie d'autres paumés, il glisse lentement le long de l'Avenue Simon-Bolivar vers le quartier de Belleville. Il pose son nom dans la rue Denoyez, comme cela semble être la coutume. Régulièrement, il peint rue de La Fontaine-au-Roi. Il y laisse sciemment quelques tags moches pour emmerder les gens du coin. C'est dans ce quartier qu'un jour un homme l'interpelle :

— Est-ce que c'est ton nom ?

Samir s'apprête à déguerpir en abandonnant son sac, mais la tenue de l'homme brise son élan. Il porte un *qamis* pakistanais blanc. Le pantalon ample tombe sur une paire de baskets neuves. Il est presque sûr que ce n'est pas un policier, même en civil.

— Je m'appelle Hakim, et toi comment t'appelles-tu ?

— Je m'appelle pas.

L'homme sourit. Mais il n'est ni hautain ni méprisant. Ses attitudes sont aussi soignées que son apparence.

— Tu as écrit KAM, c'est ton nom ?

Samir reste muet par précaution. On lui a appris, depuis longtemps, à en dire le moins possible.

— Enfin, c'est le nom que tu donnes à tout le monde, j'imagine. Mais quel est le nom que tu gardes pour toi ?

Samir ramasse le sac de bombes de peinture. La voix de l'homme se veut rassurante. Elle questionne sans brusquerie.

— Mon nom, c'est KAM.

— Tu sais, mon frère, ce n'est pas la première fois que je t'observe. La manière dont tu écris ce nom n'est pas apaisée. Il y a de la colère dans ce geste.

Mais moi ce que je vois, c'est tout ce que tu essaies de cacher.

Malgré l'ambiguïté des propos, Samir est à présent convaincu qu'il n'a pas affaire à la police. L'homme est un peu plus âgé que lui. Sa façon de parler le vieillit, ses vêtements aussi, hormis peut-être ses baskets. Les deux hommes font un petit bout de chemin ensemble. L'homme marche lentement, les mains dans le dos, comme si l'agitation de la rue n'avait pas d'effet sur lui et qu'il se baladait avec insouciance au bord d'une rivière.

— Tu sais quoi ? Je t'ai pris pour un flic.

— Tout le monde peut se tromper.

Après quelques échanges de banalités, Samir se sent suffisamment en confiance pour dévoiler son identité.

— Je m'appelle Samir.

— Tes parents t'ont donné un beau prénom, tu sais ce qu'il signifie ?

Samir ne parle pas arabe. Il se sent pris en défaut par cette question. Elle lui rappelle combien son père a manqué à ses devoirs. Il sait si peu de choses sur la douleur qui le tourmente. Hakim ne laisse pas le silence prendre le dessus, il comprend parfaitement le malaise du jeune homme qui a accepté de marcher à ses côtés. Il n'a même pas besoin de lire dans ses yeux pour savoir à quel point ce malaise est profond. Hakim sait que quelqu'un a laissé une place énorme à prendre dans le cœur de ce jeune homme et il compte bien l'occuper.

« Samir veut dire *compagnon de veillée.* C'est important de savoir qui on est. »

L'homme n'a probablement pas lu Albert Camus, ou alors, pour mieux s'en détourner et le contredire. Cependant, il y a une chose pour l'instant sur laquelle ils sont d'accord : *Mal nommer un objet, c'est ajouter au malheur de ce monde.* Hakim n'aura pas toujours cette même rigueur dans la traduction, l'interprétation et la justesse du langage. Mais il vaut mieux commencer avec douceur. En attendant, il a vu juste. Le malheur est presque palpable chez Samir.

« Ton prénom signifie également *Celui avec qui on aime s'entretenir.* C'est exactement ce que j'ai ressenti en t'observant. Les frères savent se reconnaître. Viens, allons boire un café. »

Hakim voit une lueur poindre dans les yeux de Samir. Il sait qu'il a fait mouche. Samir accepte l'invitation, c'est même lui qui réglera l'addition. Il tombe sous le charme de cet inconnu qui est en train de devenir son frère. Ainsi, se demande Samir, serais-je quelqu'un qui compte ?

L'homme lui fait part de ses réflexions sur l'identité. D'après lui, ce que nous sommes dépend trop des jugements extérieurs. Il en veut pour preuve que s'il s'était contenté de le voir comme un jeune hors-la-loi, il ne se serait pas arrêté pour lui parler.

« Le monde d'aujourd'hui ne laisse que trop peu de place à la vie intérieure. Cette vie intérieure représente notre véritable identité. Ils sont nombreux ceux qui voudraient que tu ne sois que KAM. Cela les arrange d'ailleurs, que tu fasses tout ce qu'ils attendent de toi. Tu confirmes le verdict qu'ils ont préparé dans leur tête. Mais nous savons tous les deux, qu'en réalité, ils ne savent pas qui tu es vraiment. Ils ne te laissent pas la place nécessaire pour exister. Alors quels choix te reste-t-il ? »

Il ne laisse pas le temps à Samir de répondre. Il ne répond pas davantage et enchaîne :

« Moi-même j'ai failli tomber dans leur piège. J'ai fait des bêtises, j'ai cru que je n'étais bon qu'à faire le mal. Et puis quelqu'un m'a parlé comme je suis en train de le faire avec toi. Cette personne a pris du temps pour m'éclairer. Sans cette personne, je serais probablement en prison et je donnerais raison à tout ce qu'ils pensaient de moi. Ne les laisse pas croire cela. Tu portes en toi une richesse qu'ils ne peuvent contester. »

L'homme ne dit pas encore qui sont ces *ils* qui lui veulent tant de mal.

Durant l'heure passée avec Hakim, Samir ne parle presque pas. L'homme lui pose de nombreuses questions, mais elles sont de simples amorces qui lui permettent de dérouler le fil de sa pelote idéologique. Pour rendre son discours plus humain, il fait semblant de chercher ses mots, laisse croire à Samir que leurs échanges l'amènent à de profondes réflexions. Il feint l'hésitation alors que toutes ses phrases sont soigneusement préparées. Samir l'écoute religieusement. Les voix des hommes qu'il a connus l'ont rarement caressé. La plupart de ceux qu'il croise sont vils et veules. Il n'a pas plus d'égard pour les professeurs qui n'ont vu que ce qu'ils voulaient bien voir, que pour les officiers de police et les magistrats qu'il a souvent côtoyés. Il les accuse d'être faussement concernés par son avenir. Pour Samir, tous ces hommes ne cherchent qu'à lui nuire. Tous ces hommes lui rappellent la lâcheté de son père qui pour s'éviter les désagréments de l'éducation n'a rien trouvé de mieux que de le chasser de sa vie. Grâce au talent maléfique de Hakim, Samir a fait marcher son esprit de déduction et le profil de tous ces *ils* jusque-là restés dans le flou des métaphores se dessine petit à petit. Ces *ils* qui l'oppriment possèdent à présent une identité.

De manière très habile, Hakim n'a pas cherché à renvoyer l'image d'un père, plutôt celle du grand frère sur qui il peut compter en cas de problème. Il ne doit pas en faire trop, au risque de provoquer la suspicion. Car en ce bas monde égoïste et nihiliste, qui prend le temps de discuter avec un inconnu et d'ouvrir aussi facilement son cœur ? Qui promet amitié et secours sans rien demander en retour ? Qui accepte de se mettre en retrait pour s'intéresser au sort de son prochain ? Qui prend le temps de recueillir la parole de l'autre ? Qui sait encore écouter ?

Très rapidement, Hakim découvre qu'il n'a pas à se fatiguer ni à user de précaution. Et puis, il n'est qu'une étape. Bientôt, d'autres frères prendront le relais. Enfin, par chance, Samir ne se pose pas beaucoup de questions. Il est tout heureux d'avoir trouvé quelqu'un pour qui compter.

Ils se donnent donc rendez-vous la semaine suivante. En attendant, Samir rejoue le film de sa rencontre avec Hakim. Ses paroles tournent dans sa tête. Il ressent une forme de chaleur à se les remémorer. Il se dit qu'il vient peut-être de trouver un ami, qui ne ressemble pas à ceux qu'il fréquente depuis son adolescence : des paumés, des délinquants, des fils à papa qui veulent attirer l'attention, des instables, des fragiles, des vulnérables.

Hakim lui a indiqué un café *sérieux* près du métro Couronnes. Samir est en avance, il décide d'aller s'asseoir à l'intérieur. Le patron le dévisage. Des habitués le regardent du coin de l'œil. Et tous changent d'attitude lorsque Hakim arrive et rejoint Samir. Son visage est jovial, il a vraiment l'air content de le retrouver. Il le salue avec une déférence affectueuse, presque déplacée pour des gens qui se voient pour la deuxième fois. L'atmosphère se détend. Sans dire un seul mot, Hakim vient de rassurer son monde en se portant garant de l'inconnu.

Ensuite, ils se donnent des nouvelles comme de vieilles connaissances. Très vite, Hakim oriente la discussion sur la vie personnelle de Samir. La famille, les amis, les projets. Avec l'air de celui qui écoute sans arrière-pensées, Hakim pèse chaque mot qu'on lui apporte sur un plateau, enregistre chaque détail qu'il restituera rigoureusement au moment venu afin de signifier à Samir que tout ce qu'il dit est écouté avec la plus grande considération et que c'est le rôle d'un frère de donner de l'importance à la parole d'un autre frère. À sa façon, Hakim a raison, car chacun des détails qui font que Samir est seul aujourd'hui représente pour lui autant de brèches, de failles et de blessures à exploiter. Son départ d'Algérie l'intéresse au plus au point, ainsi que cette famille recomposée qui semble peser sur son cœur et le troubler un peu plus lorsqu'il s'agit de l'évoquer. Hakim sent qu'il y a là une opportunité.

— Si je comprends bien, tu es arrivé en France très jeune et tu n'es pas retourné en Algérie depuis... Hum, tu n'es pas né ici.

— Non, je suis né à Annaba.

— Ah Annaba ! Je connais bien. Quelle belle ville ! dit-il sans se départir de sa bonhomie.

Hakim n'a jamais mis les pieds à Annaba. Mais il ne risque rien à dire le contraire puisque son frère n'en sait pas plus que lui.

— Tes racines sont là-bas.

La discussion avance à pas de velours.

— Si la femme de ton père n'est pas ta mère, alors où est-elle ?

— Je ne sais pas.

Hakim fait en sorte de se montrer aussi ennuyé que lui.

— Je te plains mon frère. Cela doit être une grande douleur. Mais tu ne voudrais pas revoir celle qui t'a donné la vie ?

— Je ne sais pas. Je ne pourrai même pas la reconnaître.

— Qui a bien pu laisser faire ça ? Un fils ne devrait pas oublier sa mère.

Samir s'empêtre dans des explications qui sont comme des sables mouvants. Hakim attend le dernier moment pour lui tendre la main.

— Tu sais mon frère, il ne faut pas laisser mourir les vivants dans son cœur, c'est *haram*. Si tu n'as pas tout fait pour la retrouver, alors il est encore temps pour toi de le faire.

Hakim ne se gênerait pas pour affirmer exactement le contraire au premier paumé qui aurait besoin de l'entendre. Il possède plusieurs versions afin de s'adapter à son interlocuteur.

— Ton père t'a déjà parlé de ta religion ?

— Non.

— Je comprends mieux. Ce n'est pas ta faute. Il ne faut pas trop te tracasser. Je suis sûr que ta mère est pieuse et qu'elle ne t'en veut pas. Elle sait que tu ne l'as pas abandonnée. Tu sais, je connais du monde qui pourrait t'aider à la retrouver. Je crois que tu te sentirais mieux si tu te réconciliais avec tes racines. Je peux t'aider à faire ce chemin. Enfin, si tu es d'accord bien entendu.

— Je suis d'accord.

PARIS, 1997

Samir a quitté son travail et son studio depuis deux ans. Il vit avec des frères non loin de la rue Jean-Pierre-Timbaud, dans le 11ᵉ arrondissement. Hakim lui a trouvé un logement. Il passe beaucoup de temps dans les mosquées de Belleville. Il apprend l'arabe littéraire. Il étudie le Coran avec des *théologiens*. Samir devient un de leurs disciples.

Son seul lien avec l'État français est le montant du RMI qu'on lui verse chaque mois. Ses nouveaux frères lui disent que la nationalité n'a pas droit de cité dans la religion. Maintenant qu'il est musulman, il doit se soumettre à Dieu.

Le petit dernier, pour une fois, n'a pas suivi son aîné. Il a décidé de s'émanciper du protectorat de Samir. Pendant des mois, il a assisté, incrédule, impuissant, aux changements radicaux de son grand frère. Samir s'est tout d'abord laissé pousser la barbe. Puis, il a changé sa façon de s'habiller. Il lui a interdit de mettre des aliments *haram* dans le frigo. Il l'a incité sèchement à revoir son hygiène. Certains objets ont disparu de l'appartement et d'autres ont pris leur place : un tapis de prière, un coran, des tracts. Samir s'est écarté de leurs connaissances, en qui il ne voyait plus que des mécréants. Il a insisté chaque jour pour qu'il l'accompagne aux cours de religion, mais le petit dernier n'était pas attiré par ces voix prosélytes qui affirmaient détenir la vérité suprême. Samir s'est mis à lui faire la morale, à contester certains de ses comportements, ses fréquentations, sa consommation d'alcool et de drogue. Le petit dernier s'est défendu, ne voulant pas être embrigadé chez les frères de la rue Jean-Pierre Timbaud, qu'il jugeait aussi paumés qu'eux. Il a préféré poursuivre son ascension au sein d'une autre criminalité organisée. Leurs chemins se sont donc séparés au bas de leur immeuble, un matin d'automne, chacun avec un ou deux sacs pour tout bagage. Ils se sont embrassés et promis de se donner des nouvelles régulièrement.

Hakim prend Samir sous son aile. Il lui apprend à penser comme lui. Après avoir réussi à le convaincre de se tourner vers la religion, il lui lave le cerveau. Samir a une grande soif de reconnaissance. Il fait montre d'un zèle religieux qui ravit son mentor. Son identité morcelée se rassemble en une seule image. Il se retrouve, se respecte. Tout ce qu'on lui transmet le passionne. La religion devient le centre de sa vie.

Plus important encore, les frères le déculpabilisent quant aux mauvais choix et à la mauvaise vie de son père.

Samir pratique l'aumône obligatoire et réalise de bonnes actions auprès des pauvres. Il se rend dans des hôpitaux pour apporter du soutien aux frères malades. Entre deux bonnes actions, il écoute des prêches de moudjahidines arabes et rêve d'accomplir le pèlerinage à la Mecque.

Rue Jean-Pierre-Timbaud, il rencontre d'autres jeunes qui sont en rupture avec leurs familles et se lie d'amitié avec certains. Comme lui, ils traînent des montagnes de questions restées sans réponses. Comme lui, ils se sont longtemps dispersés, d'espoirs en galères, sans véritablement trouver un sens à leur vie. Samir satisfait toutes les attentes, son mentor le fait monter dans la hiérarchie. Il distribue des tracts de propagande et se rend souvent dans une mosquée d'Aulnay-sous-Bois pour inciter des jeunes à s'engager pour *la cause*.

*

Je n'ai pas revu Samir depuis qu'il a quitté la maison avec fracas en 1993. Je ne le reconnais pas. Pas seulement parce qu'il porte la djellaba ou la barbe, son regard a changé, sa façon de parler aussi. Tout est plus doux chez lui. Ces traits sont presque séduisants. Il s'exprime lentement, choisi patiemment ses mots. On sent qu'il essaie d'élever son interlocuteur avec un langage instruit. Il n'y a plus de colère dans sa voix. Ni dans ses gestes. Après quelques secondes de flottement, il prend son père dans les bras, longuement. Il lui glisse quelques paroles dans l'oreille dont nous semblons être exclus.

L'homme paraît aux anges, comme s'il venait d'être disculpé en quelques secondes et devant témoins. Même si je suis content que Samir ait la grandeur d'âme de se réconcilier avec son père, je ne suis pas dupe. À sa tête, je devine que Samir lui a demandé pardon. Pour ma part, je ne m'y résoudrai pas. Je ne supporte pas de voir cet homme réhabilité aussi facilement. Il se pâme comme un homme neuf lavé des pires maux. Il me fait l'effet d'un mourant au chevet duquel on se précipite et à qui on est prêt à servir des salades dans l'unique but de le voir partir sinon apaisé, tout du moins allégé de ses dernières chaînes.

Intérieurement, je m'amuse à parodier un verset de l'évangile selon Matthieu : Pardonne-nous nos offenses, comme nous aussi nous te pardonnons notre naissance.

Puis Samir va embrasser ma mère, lui prend les mains et sans la quitter des yeux lui dit : *Je suis content de te revoir, maman.*

C'est la première fois que je l'entends appeler ma mère *maman*. C'est elle qui l'a élevé, qui a fait tout son possible pour qu'il ne se sente pas orphelin, mais jamais Samir ne l'a considérée comme une mère. Elle, qui s'est toujours contentée de peu, accueille ses paroles avec bonheur. Elle se sent consolée de tous ses sacrifices.

Puis il vient me voir. Il me pose un tas de questions sur ma vie. Il veut savoir qui sont mes amis, quelles sont mes passions. Il m'interroge sur mes études, m'encourage à aller le plus loin possible. Il observe l'intérieur de ma chambre avec désappointement. Il ne veut pas me faire la leçon mais il tient à me faire savoir qu'il désapprouve toutes ces idoles en short. Dans quelques mois, la coupe du monde de football se déroulera en France et Zinedine Zidane occupe tout un pan de mur. J'aime toujours autant le foot. Je m'époumone sur les pelouses tous les samedis. Hiver comme été je fais en sorte de quitter le terrain lessivé. J'essaie de lui parler de mes lectures, des poèmes que j'écris quand je n'ai pas le moral, mais je vois dans ses yeux que d'autres pensées l'ont déjà emmené loin d'ici.

Samir est revenu deux ou trois fois par la suite. Il était très discret sur sa vie. Il évitait au maximum de parler de ce qu'il vivait avec ses frères. Ses phrases étaient chargées d'ellipses. Je me souviens qu'à chacune de ses visites, il apportait de la nourriture, des pâtisseries orientales ou de la viande *hallal*. Je me souviens aussi de la gêne de mon père au sujet de l'engagement spirituel de son fils. Je suis incapable de dire si des signes l'ont alerté. Je crois qu'il ne voyait pas d'un bon œil ses nouvelles fréquentations, sans imaginer pour autant ce qui allait se passer.

*

La dernière fois que j'ai vu Samir, c'était au début de l'année 1998. J'étais seul à la maison, je crois que c'était pendant les vacances de février. Il est arrivé à l'improviste, comme à chaque fois. Il avait l'air plus nerveux que lors de notre dernière rencontre, le regard en alerte, les gestes tendus. Il m'a salué en collant ses joues sur les miennes. Sa barbe frisottait. Il est entré dans la maison le temps de trouver des allumettes. Il n'a pas dit un mot, puis il est retourné dans le jardin. Je l'ai d'abord observé par la fenêtre de la cuisine. Il brûlait des papiers dans le barbecue. Son regard n'était plus aussi doux. Je l'ai rejoint. Je n'avais plus de raison d'avoir peur de lui. Je lui ai demandé ce qu'il faisait. Samir n'a tout d'abord rien répondu. Devant mon insistance, il a simplement dit : *Tu ne dois dire à personne que je suis venu ici.* Les dernières feuilles de papier brûlaient dans le barbecue, j'ai juste eu le temps de voir des calligraphies arabes. Je n'ai pas aimé le ton de sa réponse. L'instinct m'avait toujours poussé à me méfier de lui, et cette peur ancienne qui m'habitait aux pires années de notre vie sous le même toit a soudainement ressurgi. Je n'aimais pas ce secret qu'il m'imposait. Je n'aimais pas ses yeux qui furetaient dans le paysage, comme ceux d'un fugitif. Je reconnaissais ses yeux-là, où la colère faisait sa réapparition.

Une fois les papiers brûlés, Samir m'a dit au revoir comme on adresse des adieux. J'étais loin de me douter qu'il était en train de pénétrer dans des terres obscures et que, bientôt, il prendrait congé de la vie.

*

Quelques mois plus tard, le 26 mai 1998, Samir est arrêté lors d'un vaste coup de filet planifié en

Europe dans les milieux islamistes. Il est un membre très actif d'une cellule terroriste soupçonnée de préparer des attentats lors de la coupe du monde de football organisée en France.

À la maison, les parents en parlent entre deux portes. Rien sur leurs visages ne laisse présager qu'un malheur est à l'œuvre. Ils portent un masque de fatalité. Le nom de leur fils est associé à ceux d'assassins, mais je ne vois pas de révolte chez eux. De vagues signes de douleur figent les traits de ma mère, qui couve en elle un mal autrement plus profond. Elle est affligée et même si elle n'a jamais manqué de courage, cette fois, elle est à bout de forces. Mon père a l'air préoccupé, mais même en matière d'affliction son attitude est paresseuse. On croirait qu'il s'agit du fils du voisin ou d'une lointaine connaissance. C'est comme s'il savait que cela allait arriver. Conscient depuis le début, c'est-à-dire dès l'arrivée de son premier enfant, qu'il aurait à rendre de mauvais comptes. Mais personne ne viendra lui demander quoi que ce soit. Je ne sais pas si le père a été convoqué par la police ou par un juge. Je n'ai rien remarqué dans son comportement qui le laissait penser.

Le père ne change rien à ses habitudes, chaque soir, il regarde les informations à la télé. On y parle de ces apprentis terroristes et des nébuleuses qui s'attaquent à la République. On y parle de son fils. De lui et de son œuvre. Il fume cigarette sur cigarette. C'est un spectacle pathétique. Je n'en suis pas surpris. Cela ne me touche pas.

Levallois-Perret, 2002

Tout ce qu'a raté ma famille a construit ma personnalité. A permis de créer l'homme et l'écrivain que je suis. Je voulais décider de ce que je ferais de ma vie. Pour y arriver, il me fallait tourner le dos à l'histoire de ma famille. Mon père avait fait de moi un fils inutile. Un personnage de seconde zone. Il fallait ramener ce personnage aux avant-postes.

Entre 1995 et 2001, je me suis traîné d'un BEP à un bac pro, pour finir par un BTS comptabilité. Durant ces six années interminables, je me suis mis en veille, en embuscade. Tout ce que j'essayais de faire c'était de tromper la mort. Malgré le sabotage de mon examen, j'ai été embauché par une filiale de Disney à La Garenne-Colombes. Je devais m'occuper du suivi des contrats de licence et de la facturation des royalties pour différentes marques que l'on retrouvait ensuite sur des bouteilles de jus de fruits, des pots de moutarde, des chaussettes ou des paquets de céréales. J'ai tenu deux mois avant de me réveiller.

Je souhaitais m'engager pour une cause noble. Je voulais me mettre au service de personnes fragilisées dans leur parcours de vie. L'idée était précise, mes convictions acérées, et ma méthode pour y arriver beaucoup trop naïve pour ce monde-ci. J'ai parcouru tout Paris pour rencontrer des responsables d'associations humanitaires. Je rêvais de partir à l'étranger et de me mettre à disposition de populations en difficulté. Mais je n'étais pas assez diplômé pour cela, tel est le discours que l'on me servait à chaque fois. En janvier 2002, je me suis orienté vers le Secours Populaire où j'ai passé plusieurs années à la distribution alimentaire, rue Montcalm.

Entre janvier et avril, j'ai passé aussi des heures à la Cité des métiers de la Villette. J'épluchais les lourds classeurs où étaient rassemblées les offres d'emploi. Un jour, je suis tombé sur une offre pour un poste d'emploi jeune dans un groupe scolaire à Levallois-Perret. Il s'agissait d'accompagner des enfants en situation de handicap mental. Je n'avais aucune expérience dans ce domaine et mon parcours scolaire était tel que je ne mettais pas toutes les chances de mon côté en joignant mon C.V. Par chance, on m'a rappelé pour me fixer un entretien.

C'est une école privée catholique. Il y a une vierge en pierre sur l'un des piliers du portail. Je fixe la petite statue en me demandant si c'est un problème pour moi. Je n'ai aucune culture religieuse. Je suis athée. Encore que je possède quelques divinités toutes personnelles, des voix devenues intimes, imprimées dans des livres. J'ai moi aussi besoin de mythes, mais pas de ceux qui font courber l'échine. En vérité, je me fous de savoir quel baratin on va pouvoir me servir. Je me sais imperméable à toute forme de dogme. Je me dis que les gens qui se trouvent derrière ce portail vert sont incapables de me faire plus de mal qu'on ne m'a déjà fait. Nous sommes en mai, il fait doux, c'est l'heure de la récréation. Je traverse la cour où des enfants pépient. Ils sont animés d'une joie simple. Puisque tout est permis, je me dis que c'est une bonne adresse pour relancer sa vie.

Je suis accueilli par deux Sœurs qui sont la directrice et l'enseignante. Sœur Françoise et Sœur Marie-Thérèse font partie d'une congrégation dont j'ai oublié le nom. Elles ont déjà parcouru l'Europe et créé plusieurs classes spécialisées. Elles n'ont pas attendu que les lois s'appliquent pour agir.

L'entretien a été tout sauf un entretien d'embauche. Nous parlions en êtres mis à nu. Sans s'accrocher à des certitudes. J'ai tenté d'expliquer ce qui vibrait à l'intérieur de moi, qu'on appelle cela foi ou qu'on utilise un autre mot ne me gênait pas. Je revendiquais le fait d'avoir une vie spirituelle abreuvée par les petits ruisseaux que je trouvais dans les livres. Cette foi-là en vaut bien d'autres. Bref, nous nous sommes bien entendus. Elles ont vu en moi celui que j'allais devenir. Où qu'elles soient aujourd'hui, je les en remercie encore.

Deux semaines après, je commençais une nouvelle vie en tant qu'aide-éducateur. J'y ai passé huit années.

Impossible de les résumer. Ce que je dis à chaque fois, c'est que les enfants que j'ai essayé d'accompagner m'ont rendu plus humain. Après toutes ces années en leur compagnie, j'ai conclu qu'ils n'avaient pas quelque chose en moins, mais quelque chose en plus. Une relation au monde que nous avons perdue. Sans eux, je n'aurais vécu qu'en exploitant mes petites misères, j'aurais roulé ma peine jusqu'à l'épuisement. Leurs fragilités étaient des leçons de vie.

Je me souviens d'un jour où nous étions en sortie scolaire dans un parc d'attractions. C'était une belle journée de printemps, nous pique-niquions sur une aire boisée. Vers la fin du repas, Maxence, un des enfants, s'est écarté du reste du groupe. Je le surveillais du coin de l'œil, par réflexe protecteur. Maxence s'est assis en tailleur au pied d'un platane. Puis il a commencé à parler tout seul. Enfin, de loin, cela ressemblait à un monologue. Il parlait avec passion et chaque mot était pesé et prononcé avec la plus grande solennité. Cela avait tout l'air d'une affaire très sérieuse. Maxence livrait le fond de ses pensées à l'arbre. Pour une fois, il ne cherchait pas une parole en retour, une hypothétique compréhension de notre part. Nous étions plusieurs adultes pour encadrer cette sortie, professionnels ou parents accompagnateurs. Mais il semblait qu'à ce moment-là, il n'y avait que le platane qui puisse accueillir la parole de Maxence. Une fois qu'il a eu fini de se confier, il a pris l'arbre dans ses bras, a collé sa joue contre l'écorce, a fermé les yeux. Au bout d'une minute peut-être, Maxence est revenu s'asseoir parmi nous, le sourire aux lèvres.

Sa façon de voir et d'être au monde m'a bouleversé.

Ce dialogue avec le platane m'a fait comprendre la puissance du langage. Comment il peut héberger tous les êtres et leurs souffrances.

Annaba, 1997

Tout retour à sa vie d'avant est proscrit. Samir n'appartient plus à son passé. Il ne s'appartient plus. Il a placé sa confiance dans le cœur d'hommes qui ont perdu le contact avec la vie. On lui demande d'abandonner toute conscience, au profit d'une vision prophétique. Il est privé de raison. Samir ne sait pas encore ce que l'on va exiger de lui, mais le charme de la révélation divine lui fait perdre son discernement. On lui dit de ne plus s'inquiéter. Sa piété doit devenir sa vérité, son unique réalité. Il n'y a plus de place pour le doute, ni pour le secret. Il n'existe plus en tant qu'individu. Son esprit est encastré dans le mur du dogme.

Mais il y a une voix que nul ne peut faire taire, c'est la voix intime. C'est la voix du vrai visage. Quand il entend cette voix, quand il la laisse tout embraser dans le plus grand secret, Samir pleure dans le noir. Car cette voix n'est présente dans aucun livre. Elle n'est dominée par personne, on ne peut pas l'invoquer. Cette voix est indépendante, elle reflue au moment où il s'y attend le moins. C'est une voix qui a remonté les profondeurs du temps et qui fait vaciller la noire consolation dans laquelle on l'a enveloppé. Cette voix, c'est la voix de Khadija. *Ya chta sabi sabi.* Tombe la pluie.

Samir mettra des mois avant de laisser éclater cette voix. Après cela, il ne peut plus faire un pas sans l'entendre. Il se retourne dans la rue. Il fixe le visage de femmes qui pourraient être sa mère. Et quand l'une d'elles le fixe en retour, il croit, le temps d'une seconde, que lui aussi a été reconnu. C'est un supplice. Il ne supporte plus de faire ressurgir le souvenir de sa mère comme on entre dans une demeure abandonnée.

L'intensité de ses prières faiblit. Les mots s'écoulent difficilement. Ce n'est pas que sa foi est altérée, mais il comprend que rien ne peut advenir tant que tombe cette pluie en lui. *Ya chta sabi sabi.*

Il doit remonter à la source.

Certes, ses frères savent nourrir son âme, mais aucune méditation religieuse ne peut apaiser cette lucidité implacable : il doit revoir sa mère.

Il doit rentrer chez lui.

Samir remplit un sac à la hâte et s'envole pour Annaba. Il a sur lui un bout de papier où est inscrite une adresse. Quelques mois plus tôt, il a retrouvé la trace d'un frère de Khadija qui vit à Clermont-Ferrand. Ce voyage-là a déjà été une épreuve. L'homme l'accueille comme son propre fils. Aucune colère ne le travaille, même si la peine de sa sœur s'est aussi enracinée dans son cœur. L'oncle est un homme juste et réfléchi. Il se garde d'en dire trop au sujet de Khadija. Il sait l'importance de la venue de Samir. Il ne veut pas ajouter du trouble au trouble. Le mieux c'est de laisser le fils revenir vers sa mère sans malmener davantage son esprit. Samir et son oncle font de longues marches, mangent en silence et prient ensemble. Toute parole que l'homme concède à son neveu est formulée pour le rassurer. Ainsi, apprend-il que Khadija est très croyante, qu'elle est respectée pour cela et que sa maison n'est jamais vide. Des femmes viennent de toute la ville pour réciter des versets en sa compagnie. Son malheur fait autorité et des mères ayant perdu un enfant viennent auprès d'elle pour se faire accompagner sur le long chemin du chagrin. Dieu est à ses côtés du matin au soir.

À peine Samir a-t-il posé un pied sur le sol natal que la nostalgie du ventre maternel le déborde. Son pauvre sac pèse le poids de vingt-quatre années au bout de son bras. Deux passagers le soutiennent au moment où ses jambes le lâchent. Il doit affronter une fatigue plus ancienne que lui. C'est un retour d'exil qui le dépasse.

Samir s'accroche au bout de papier. Il le montre à des passants qui lui indiquent la direction. Chaque rue ressemble à un fil qu'il parcourt en équilibre, entre la douleur et la délivrance. Ses yeux dévorent tout ce que la lumière permet d'animer.

Après une heure de marche, il trouve enfin la rue où habite Khadija, en plein cœur de la vieille ville.

La première personne qu'il interroge est une femme d'âge mûr, d'abord méfiante face à ce barbu qui débarque d'on ne sait où, son visage s'illumine lorsque Samir se présente comme le fils de Khadija. Elle se met à gesticuler, une larme s'échappe de ses yeux comme si la grande nouvelle la concernait directement. Elle lui demande de la suivre et Samir doit allonger sa foulée pour tenir son allure. Elle se retourne toutes les dix secondes pour s'assurer qu'elle n'a pas rêvé, qu'elle n'a pas une hallucination. Elle semble se battre contre ses propres yeux. La femme interpelle des voisines sans ralentir l'allure. Des cris de joie se répandent dans les ruelles, on lève des paumes en l'air. On a l'impression que les maisons sortent d'un très long sommeil.

La femme le mène jusqu'à une bâtisse au toit plat montée avec des parpaings blanchis à la chaux. Il y a un panier posé sur un banc de pierre où ont été déposés des fruits. Un drap sèche sur un fil tendu le long du mur qui donne sur la ruelle. Il y a une petite ouverture en guise de fenêtre. La porte est ouverte et donne sur une unique pièce mal éclairée. C'est moins une maison qu'une grotte. La femme dit à Samir que c'est ici que vit Khadija. Si la pudeur ne l'en empêchait pas, elle le pousserait des deux mains pour le faire entrer.

Samir la remercie. Il reste sur le seuil. Il se répète : *Mon père a fait de moi un étranger. Je suis étranger à ma mère. Je suis étranger à moi-même. Mais, grâce à Dieu, aujourd'hui c'est fini.*

Elle est assise en tailleur sur un tapis. Elle écosse des pois dans une casserole cabossée. Elle lève la tête vers la silhouette du visiteur qui se présente dans sa modeste demeure, à contre-jour.

Samir n'a pas le temps de dire : *Yemma*.

Khadija se lève d'un bond, la casserole se renverse et les pois roulent sur le tapis. Elle se dirige vers la porte et pousse son fils dans le rai de lumière que les toits daignent laisser passer dans la ruelle. Elle sait, mais elle veut une confirmation. Elle pose des doigts fébriles sur le visage de Samir, puis l'enserre de ses deux mains.

Elle pousse un cri qui fige l'air de la ruelle.

Khadija a été exaucée.

C'est la volonté de Dieu ! hurle-t-elle. *J'ai payé de presque tout mon sang. Et Dieu, dans sa miséricorde, n'a pas été sourd.*

Elle lui caresse les cheveux, comme quand il était petit et qu'il venait se réfugier sur ses genoux. Elle sourit. Elle ne se souvient plus de la dernière fois où cela lui est arrivé. Après la perte de ses enfants, sourire ne valait pas mieux qu'une offense.

Yemma, affirme Samir.

Khadija se retient aux bras de son fils. Ce seul mot met fin au drame. Combien de fois a-t-elle prié pour que ses enfants ne l'oublient pas ? Combien de nuits à égrener leurs prénoms ? Combien de prières dans le brouhaha du ciel ? Elle est si heureuse que le temps n'ait pas réussi à les séparer. Chacun dans sa solitude a fait exister l'autre.

Leurs cœurs palpitent. Ils sont comme suspendus aux lèvres du temps. Ils ne savent pas quoi dire de plus que : *Maman* et *Mon fils*. Des vérités qui se répondent enfin. Khadija étouffe des sanglots. Elle halète. Elle se sent comme une rescapée qu'on sort des décombres. Samir se saisit de ses mains et emplit ses poumons de l'air que sa mère exhale.

La mère et le fils entrent dans la maison-grotte. Khadija ferme la porte, tire le rideau sur la petite ouverture. Elle allume une lampe à pétrole et deux ou trois bougies. Personne, pas même le soleil, ne doit venir troubler leurs retrouvailles.

La perte de ses enfants est à présent derrière elle. Khadija se noie dans les yeux de son fils. Elle voudrait remonter le temps à chaque trait de son visage qu'elle lit du bout des doigts. Son cœur déborde dans sa poitrine. Les larmes sont impossibles. Les cris sont inaudibles quand il s'agit d'amour manqué. Les lamentations sont inutiles. Samir se laisse absorber par le regard de Khadija, immobile dans cette pièce où les flammes des bougies donnent à la scène des airs de fête.

La mère pousse le fils à parler. Samir n'ose rien dire de ce qu'a été sa vie depuis ce jour du départ. Il ne veut pas souiller les pensées de celle qui a trop longtemps attendu. Il ne dira rien des carences dont un enfant ne se remet jamais tout à fait. Il ne dira rien du mal qu'il a fait pour se venger d'avoir été privé de mère. Il ne dira rien des cauchemars, des angoisses, de la colère née de tout cela. Colère longtemps dirigée contre elle avant de découvrir que dans cette histoire elle était une martyre. Il ne dira rien des hésitations qui l'ont ballotté dans les méandres de la culpabilité ; de toutes ces années où il n'a pas trouvé la force de venir la voir. Il ne dira pas qu'il a été malheureux souvent, que le petit dernier vit dans les mêmes eaux troubles et que les jumelles, grâce à leurs cœurs décuplés, ont réussi à franchir l'horizon que représentait son absence. S'il parlait vraiment, quelques secondes seulement suffiraient à anéantir la cruelle patience que Khadija s'est infligée en vivant seule, pour ne pas disperser ses pensées ailleurs que dans le souvenir de ses enfants. Alors Samir lui parle de ce livre qui a changé sa vie, qui le rend heureux. Il préfère lui confier, dans la douceur de son sourire, qu'il est devenu un fidèle compagnon de veillée. Que grâce à Dieu, la nuit s'éclaire à chaque fois que sa lueur intérieure faiblit.

Mais Khadija n'a pas besoin de tant de mots, elle sait entendre les silences, le bruit désespéré de ses entrailles. Elle comprend très vite que son fils s'est mis dans la tête de régler toutes les dettes de l'impiété de son père. Elle comprend que Samir ne veut plus souffrir de ne pas savoir d'où il vient, préférant orienter ses prières vers l'endroit où il est certain d'aller.

Certes, Samir est un fils qui vient de très loin, mais Khadija le reconnaît. C'est la lucidité de la matrice.

La naïveté a depuis longtemps quitté Khadija. Elle sait que son fils n'est pas venu pour rester. Elle sait même qu'il n'est pas là pour envisager de revenir. Elle sent que sa visite repose sur la promesse d'une libération. Samir est venu lire dans les yeux de sa mère qu'elle ne lui en veut pas. Il est venu voir la femme qui le hante. Dans cette maison-grotte où l'obscurité ne réussit pas à cacher l'émoi, Samir ne sait plus s'il est venu se libérer d'un fantôme ou s'il est venu rendre à Khadija sa condition de mère.

Khadija tentera bien de le retenir, sans effusion, sans offenser la foi nouvelle de son fils ni leur douleur commune. Khadija fredonnera humblement pour ne pas brusquer l'air autour d'eux : *Ya chta sabi sabi*. Tombe la pluie.

Et quand Samir reprendra la ruelle dans l'autre sens, la laissant de nouveau prisonnière dans la glace du temps, Khadija ne versera plus aucune larme. Elle retournera s'asseoir en tailleur dans sa maison-grotte pour habiter sa parole recluse. Khadija a appris il y a longtemps que les hommes adorent partir en fumée.

Nantes, 2013

25 août, c'est le jour de naissance de ma fille. C'est la fin d'après-midi, il fait très chaud. Les couloirs des urgences maternité de la clinique Jules-Verne sont étrangement calmes. Le ciel est sans nuages, les brumes de chaleur lui donnent un aspect délavé. Je n'ai nulle part où accrocher mon regard. Le goudron fond sur la chaussée. La ville est anesthésiée par la canicule. Tout semble se vivre au ralenti. Je vois des gens qui marchent au loin d'un pas traînant. Mon esprit me joue des tours quand je crois être observé par une femme qui fume sur le parking de la maternité. J'associe tous les signes à l'événement à venir. Je m'écarte de la fenêtre.

Au loin, j'entends les clameurs des supporters du stade de la Beaujoire. Une liesse qui détonne avec les cris d'une femme qui me parviennent de la salle d'accouchement mitoyenne. C'est une journée qui me paraît hors du temps.

La maman de ma fille serre les poings. Elle n'en peut plus de cette attente. Cela fait cinq jours que le terme annoncé est dépassé. Cinq jours que nous faisons les allers-retours à la maternité. Des heures à écouter les battements de cœur emplir la salle sans fenêtre où nous avons pris nos marques. Je me pose la même question plusieurs fois dans la même minute. Pourquoi notre fille ne vient-elle pas ? Je suis suspendu aux lèvres de la sage-femme qui nous explique qu'il n'y a rien d'alarmant, qui nous propose des techniques pour favoriser l'ouverture du col. Nous les appliquons toutes à la lettre. Cette expérience nous rapproche un peu plus.

La nuit, je parle à ma fille. Je lui dis tout ce qui me passe par la tête, mes peurs, mes combats, ma fierté d'être auprès de sa maman. Je me projette dans les premiers jours de sa naissance, j'essaie de visualiser des situations, de mettre en scène les gestes que je devrais faire, sans trembler. Je cherche les mots que je dirai à tous ceux qui me demanderont ce que ça fait d'être père, tout en sachant que je n'en trouverai aucun à la hauteur. Pour cela, il me faut remonter le cours du temps, passer par le tamis des confidences, inventer des formules qui ne trahissent pas l'enfant qui se racontait des histoires dans son placard. Pour le moment, je préfère m'élancer vers le futur, je me vois marcher derrière elle pour assurer ses premiers pas. Une joie violente m'envahit, inonde mes yeux. Je pense aux jeux que nous partagerons, aux livres que nous irons acheter, aux concerts auxquels je l'emmènerai. Je réponds à des questions qu'elle me posera peut-être un jour. Je veux pour nous des souvenirs heureux. Je veux qu'elle puisse se souvenir de son enfance sans avoir honte. Je finis par m'endormir en mesurant le chemin que nous ferons côte à côte, aux fantômes que nous allons semer et aux vivants que nous allons nommer.

Le matin, avant même d'ouvrir les yeux, je pose une main sur le ventre de la maman. Elle est encore une femme que j'aime. Lorsque nous nous sommes rencontrés je n'étais pas grand-chose, j'étais à deux doigts de disparaître. Quelques semaines avant notre rencontre, j'avais ficelé un aller sans retour pour la Nouvelle Calédonie. Je voulais être loin de tous ceux qui me rappelleraient le monument du père, un lieu où personne ne pourrait me reconnaître. Reconnaître cette peine qui m'empêchait de vivre. Je voulais écrire une histoire qui m'appartienne entièrement. La maman de ma fille a été un refuge. J'ai découvert de nouvelles idées, des sentiments inédits, des possibles que je n'osais pas même murmurer avant elle.

Ce matin du 25 août 2013, je fais rouler le prénom de ma fille sous ma langue. C'est un appel, presque une supplique. Je me sens plein de vie, fiévreux, happé par l'inconnu.

Le terme doit être déclenché. Pour la sécurité du bébé. Dans cette atmosphère moite et molle, la maman de ma fille est lumineuse et épuisée. Elle porte en elle non seulement une vie mais aussi une résurrection. Je lui donne de l'eau régulièrement, avant qu'elle me le demande. Je lui prends la main, en silence. Je lui lance des regards d'encouragement. Dès qu'elle me dit : *J'ai faim*, je fonce au fast-food du coin et lui rapporte plus qu'il n'en faut. Je veux être utile, presque à chaque seconde. Je me rends compte que ma présence est essentielle en même temps qu'inutile. Et si c'était moi qui retardais la naissance ? Et si ma fille ne venait pas pour me signifier : tu n'es pas encore prêt à être mon père. Je me persuade du pire. Ma fille a perçu mes inquiétudes pendant les séances d'haptonomie, mes mains ont parlé pour moi. Elle a ressenti l'absence qui me ronge encore. Toutes les nuits passées à quémander de l'affection, à respirer pour l'homme absent, à se lever pour lui, à ouvrir les yeux pour lui. Toutes ces années passées à tenter de m'approcher de lui et se résigner à le laisser quitter mon histoire. Et finir par vivre contre lui. Ma fille a senti au bout de mes doigts posés sur le ventre de sa mère le poids du père incertain, et l'idée évasive du lien à créer. Qu'a-t-elle entendu pour refuser le terme ? Des mots crèvent ma poitrine sans que je puisse les confier à personne : pour moi, le père a été impossible. Et pourtant il me dépasse. Je vais devenir comme lui, impossible.

Mes chaussures pèsent une tonne. J'ai de la poussière plein la bouche, des paroles passées que j'ai cachées sous ma langue. Avec la maman, nous ne parlons que de notre fille et tout ce que je retiens en ces minutes infernales, c'est qu'elle n'est pas là. J'ai besoin de m'adresser à elle pour rendre sa présence et la mienne réelles. J'ai besoin d'elle pour exister.

Je sors boire des cafés, je croise des parents tout neufs qui ont l'air d'être effleurés par la grâce. Ils me sourient, leur bonheur est une promesse tenue depuis longtemps. Je crois lire sur leur visage un amour qui les dépasse, qui vient d'avant eux, mais qui d'année en année s'est fait une place dans le présent. Malgré leurs traits tirés, leurs vêtements froissés, ils ont l'air de parents. Ils sont indiscutables. Ils m'ont l'air d'habiter naturellement l'instant. J'aimerais qu'ils me disent à quoi je ressemble, moi. Est-ce que je suis crédible à leurs yeux ? Est-ce que je n'ai pas l'air de tomber du ciel, étourdi, étranger ? J'écoute ce qu'ils disent, leur parole coule dans une modulation apaisante. C'est un hymne heureux que je leur envie. Je me demande si eux aussi ont peur. Suis-je le seul à être terrorisé à l'idée d'échouer auprès de ma fille ? Je me sens prêt à tout faire pour être à la hauteur, en même temps que je sens une douleur ancienne qui peut surgir à tout moment pour me séparer de ma fille. Et si le passé me prenait mon enfant ?

Je cherche sur les visages que je croise quelqu'un pour m'adouber. Je pense : ce qu'il me faut c'est parler à un inconnu qui ne sache rien de moi. Puis je me dis : comme ma fille.

À 18 h 42, Lucie naît. Son cri habite l'air plus qu'il ne le déchire. Je voudrais qu'il se prolonge indéfiniment. Qu'on l'entende à l'autre bout du monde. À cette minute, je ne suis que ce cri. Il m'arrache au passé. Il brise en tessons la vitre devant mes yeux. Il m'ordonne de baisser la garde, de déserter la peur.

Je voudrais que chacune de mes paroles ressemble à ce cri.

Quelques minutes plus tard, je peux prendre Lucie dans mes bras. Elle ne pèse rien et tellement à la fois. Je me sens immense et fragile. Je suis enfin baigné de réalité. Cette vie que je tiens dans les bras vient aussi de moi. Je fouille dans mes souvenirs pour trouver une promesse équivalente ; je n'en trouve pas. Je me dis que j'ai eu raison de m'acharner à vivre.

Maintenant, c'est ma fille.

C'est aussi ma naissance en tant que père.

Notre histoire est née.

Quand je la regarde. Quand je me fonds dans ses yeux qui avalent tout ce qui passe. Quand je sens son cœur tambouriner contre ma poitrine. Quand je la berce. Quand je me berce. Quand ses premiers mots arrivent. Quand j'essaie de la décrire. Quand je me repasse le son de sa voix en boucle. Quand son visage surgit au milieu de la nuit. Quand je lui prépare un repas. Quand je plie son linge. Quand je traîne dans sa chambre lorsqu'elle n'est pas là. Quand je vais la chercher à l'école. Quand nous jouons ensemble et qu'elle ranime l'enfant en moi. Quand je pleure pour des bêtises. Quand j'arrive à rire de mes faiblesses. Quand je parle des galaxies que je vois dans ses yeux. Quand j'épie son sommeil. Quand je la prends en photo. Quand je suis juste là avec elle. Quand je panique à l'idée de mourir trop jeune, avant qu'elle ne possède de solides souvenirs de nous. Quand elle me dit d'aller me raser. Quand elle me maudit parce que je tire trop fort sur ses cheveux bouclés lorsque je la coiffe. Quand elle écoute du jazz pour me faire plaisir. Quand en retour elle veut que je saute à l'élastique. Quand elle apprend à lire. Quand elle veut que je continue de lui raconter des histoires en changeant de voix à chaque personnage. Quand elle me demande où est ma mère. Quand je lui explique d'où viennent mes larmes. Quand le lait déborde, que les oignons brûlent parce que parler prend du temps, parce qu'il faut tout recommencer et raconter encore. Quand elle réclame que je fasse tourner une dernière fois la boîte à musique avant de dormir. Quand je vais la réveiller le matin pour l'école et qu'elle m'ordonne de rester dans sa chambre tant qu'elle n'a pas enfilé son pyjama. Quand la plus humble de ses demandes me sort du néant. Quand mon nom s'allège parce qu'elle le porte aussi. Quand les douleurs passées ne sont plus moi. Quand le temps brille, quand il grelotte et que je lis de l'incompréhension sur le front de ma fille. Quand je lui dis que je l'aime, qu'elle me répond je sais et que j'insiste pour qu'elle me répète ces deux mots : Je sais.

Ce que nous créons avec Lucie s'arrache lentement au passé.

Prison de la Santé, 1998

Le père a fini par faire une demande de permis de visite. C'est ma mère qui l'a convaincu. Ne pas voir pour ne pas y croire était son credo. Mais l'affaire est trop grave, et elle s'étale dans tous les journaux. Il ne s'agit plus de fraude au transport, du vol d'une paire de baskets ou de graffitis sur les murs. Il ne s'agit plus de respectabilité. Il s'agit de propagande guerrière, de trafic d'armes et de terrorisme. Il ne s'agit plus d'une atteinte à l'image du père. Il s'agit d'une atteinte à la sécurité de plusieurs États.

La prison est la dernière halte. Mon père le sait. Il n'y aura pas d'autre chance après. L'homme qui n'a pas su ou pas voulu parler est forcé de se présenter au parloir. Il porte l'unique costume qu'il possède, vestige d'une vie où il s'affichait au monde avec bonhomie. Samir le rejoint. Père et fils se donnent une accolade maladroite. Ils s'effleurent plus qu'ils ne s'étreignent. Leurs mains ont du mal à se trouver. Leurs gestes sont pris d'une extrême lenteur. Un garde-corps invisible les empêche. Ils s'assoient pour tenter de chasser la gêne. Mon père a apporté des vêtements dans un sac en plastique transparent : un jean, des tee-shirts, des sous-vêtements. Samir le remercie avec une voix douce mais repousse le sac.

Ô fils d'Adam, munissez-vous de votre parure en tout lieu de prière, dit-il en lissant les plis de son qamis.

La voix de Samir tient mon père en respect. Il est pris de court, cherche en vain et de manière désespérée des explications. Il se demande comment ils en sont arrivés là. Le temps s'arrête dans le parloir, le père n'a pas l'intention d'en sortir sans connaître les raisons qui ont poussé son fils à devenir un membre actif d'une cellule terroriste. Mais on ne fait pas surgir la parole comme ça. Le père ne peut pas obtenir du fils ce qu'il a lui-même protégé par des décennies d'obscurité.

Le père propose un autre sac qui contient du savon et des biscuits. Samir prend un des paquets et sourit en lisant la liste des ingrédients. Il remercie encore, pour la forme. Il prononce des sentences en arabe avant de repousser les biscuits.

Graisse animale, dit-il plus sèchement, comme une évidence.

Une autre vérité éclate à la face du père : il y a longtemps qu'il a perdu la trace de son fils. Il est soudain débordé par son histoire. Il ne peut compter sur aucun renfort. Le père fait une résurgence, souhaiterait convoquer des moments joyeux, des souvenirs fondateurs qui ramèneraient son fils vers lui. Il cherche les premiers mots d'un récit commun, même un détail qui pourrait mordre la mémoire de la chair, mais rien ne vient.

Ce que le père a réussi à exprimer à son fils demeure perdu.

Peut-être se remémore-t-il ce jour où il a quitté l'Algérie avec ses enfants. Peut-être regrette-t-il de les avoir privés de leur mère. Ne valait-il pas mieux perdre la face et sauver l'avenir de ses enfants ? Personne ne peut dire que cet événement est la cause de tous les maux, mais personne ne peut dire le contraire non plus. L'histoire peut attester de ce qu'est devenu Samir après cet événement. Et il n'y a que les regrets qui peuvent laisser croire qu'une autre vie était possible pour lui.

Le père regrette mais ne le formule pas aussi clairement. Il balbutie quelques phrases où il est question de sentiments. Mais à l'écouter on entend qu'il vient d'une lignée où l'amour ne se prononce pas. La logique de son langage est faite de mise à distance. Il ne faut surtout pas s'y engager pleinement, même au moment le plus désespéré de l'existence. Il y a un engagement dans la parole donnée. Toute sa vie il a évité de parler pour éviter de s'engager. Je crois que le plus grand regret de mon père, c'est celui de la parole.

Il tourne autour de l'essentiel, qui est d'essayer de ramener son fils parmi les siens. Mais les mots ont un goût de cendre. Il n'y a rien de vivant dans cette langue qui se perd en sous-entendus, en demi-silences. Il tente de dire ce qui n'a jamais été dit. Et trente minutes de parloir ne suffisent pas à combler des années d'absence. Alors, il répète machinalement des phrases toutes faites qui ne s'adressent pas à son fils, mais à lui-même. On pourrait croire, à le voir si désemparé par sa propre histoire, que la cause de ces années de silence tente tout de même de se frayer un passage : le mépris de soi. Comment se transmettre en s'aimant si peu ? Les mots qu'il parvient à prononcer de manière mécanique sont un aveu d'échec. La parole du père ressemble à une cavale désespérée sur une terre désolée.

Et puis, il y a tout ce temps où les regards se croisent, qui tentent d'accrocher le visage de l'autre, comme lors d'un dernier repas.

Samir écoute son père attentivement, il se concentre, cherche au plus profond de lui une trace que ce père aurait laissée. Mais l'évidence est glaciale : il n'y a que cicatrices et balafres.

Pourquoi a-t-il fallu qu'il se retrouve en prison pour qu'il lui parle enfin ?

Samir n'a plus besoin de la parole du père. Ni de son regard implorant. Elle vient trop tard. Samir l'accueille, bien entendu, il la prend comme on garde un fétiche inoffensif, mais elle a perdu toute magie depuis longtemps. Depuis ce jour sur le pont du bateau.

Le père viendra plusieurs fois durant les mois d'incarcération pour s'assurer que son fils est bien traité. Il vient surtout chercher son propre réconfort. Il est persuadé que sa parole, aussi fragile soit-elle, fera son œuvre. Il ne doute pas que son fils saura s'y retrouver et en tirer les enseignements nécessaires. Le père pense dur comme fer que le seul fait d'être présent au parloir fait office de libération. Mais c'est lui qu'il cherche avant tout à libérer. Après tout, Samir est, quoi qu'il en pense, le prolongement de sa vie.

Mais Samir est tombé sur d'autres hommes qui l'ont aidé à s'affranchir des douleurs de sa naissance. Samir a trouvé refuge dans la parole divine. Il s'y est soumis. Plus aucune autre parole ne peut l'atteindre.

*

En 1999, après sa libération. Samir s'enfuit à Londres avec des faux papiers pakistanais. Il séjourne dans une mosquée à Finsbury Park avant de rejoindre un camp d'entraînement en Afghanistan.

Deux ans plus tard, nous apprendrons la mort de Samir par la Croix Rouge. Je crois que tout le monde s'attendait à cette annonce. Je me souviens d'un chagrin certes partagé mais modeste, pas véritablement absent des esprits, mais comme effleuré.

Tout d'abord, j'essayais de leur trouver des excuses, enfin, surtout à ma mère qui ployait depuis tant d'années sous le poids de mauvais ménages. Il m'était insupportable qu'un tel évènement ne soit pas l'occasion pour nous d'essayer de nous comporter enfin comme une famille. Il était inconcevable pour moi d'envisager que mes parents puissent, ne serait-ce qu'en apparence, trouver le sommeil, avaler un repas comme si de rien n'était, aller au boulot, parler aux voisins, répondre au téléphone avec une voix maîtrisée, se montrer au monde en masquant ce qui, j'en étais persuadé, devait leur ronger les sangs. Je luttais contre le simple fait qu'ils puissent oser me regarder, m'incorporer dans cette matière molle qu'était notre quotidien.

J'avais honte. De ma famille. De mon nom. Je n'en parlais pas à mes amis. D'ailleurs je ne parlais jamais de ce qui se passait à la maison. Leur amitié m'était vitale, je m'y abandonnais enfin après des années de renoncements, il était hors de question que je risque de la perdre. J'étais convaincu que mes amis me tourneraient le dos s'ils apprenaient que mon frère était engagé dans le djihad et qu'il avait été prêt à frapper notre pays. Le temps passé avec eux était heureux. Des moments simples de rigolade, des soirées à boire et à danser, des nuits à refaire le monde, à trouver une place et des raisons d'exister. C'était un peu de bleu dans la douleur du quotidien. J'étais forcé moi aussi à mentir, à me taire, à enfouir la parole. Leur parler de Samir revenait à introduire le diable dans notre cercle restreint.

Même si mes souvenirs sont flous, je suis certain d'une chose : je ne peux pas dire comment les uns et les autres ont vécu la mort de Samir. Je ne me souviens pas qu'il y ait eu une cérémonie, des hommages, pas de recueillement, pas la moindre tentative de nous libérer de cette mort annoncée. Je ne me souviens pas avoir été relié aux autres membres de notre famille par le deuil. Cela ne veut pas dire qu'il n'a pas existé, bien entendu, mais cela signifie tout de même qu'il n'a pas irradié en moi au point de marquer durablement ma mémoire. Je me souviens surtout des non-dits, des sous-entendus, de notre patrimoine commun : le silence. Leur peine m'était inaccessible, confidentielle, interdite. Après avoir été livré à la gueule noire du néant, Samir était dissous par l'oubli. C'était au père de ramener son fils. C'était lui qui l'avait perdu. Mais comme d'habitude, pas un mot n'est sorti de sa bouche.

Je suis longtemps resté dans le déni. Pendant près de vingt ans je n'ai rien dit à personne, ni à mes amis, ni à la mère de ma fille. À l'époque du drame, c'était dans leurs yeux que j'étais heureux, ils étaient mon unique source de joie. J'avais peur d'être renié, rejeté, comme les bourreaux. J'étais terrorisé à l'idée que leur regard se pose différemment sur moi.

Je me suis tu, comme d'autres avant moi. Samir n'existait alors que par deux ou trois mots. Comme s'il n'y avait rien d'autre à sauver de sa mémoire que cette fin tragique. Comme si nous, sa famille, ne pouvions pas trouver mieux au fond de nos âmes pour l'honorer. Après bien des années, après avoir expurgé Samir de mon langage, c'est-à-dire de ma vie, je devais me rendre à l'évidence : pour Samir, le silence était une seconde condamnation. Malgré la peur qui me tenaillait à chaque nouvel attentat et l'insoutenable besoin de parler, je continuais de le taire au reste des miens, mais plus le temps passait, plus je me rapprochais, malgré moi, du petit garçon qui jouait avec un avion en papier sur le pont d'un bateau qui l'avait éloigné définitivement de Khadija. C'est ce souvenir que je veux garder de lui. Et tant pis si ce souvenir ne m'appartient pas, tant pis s'il n'existe pas, il est le seul qui me permet de vivre avec le démon de mon enfance.

Durant des années, je me disais que Samir et moi nous n'avions pas su être frères dans la vie, alors, il n'y avait aucune raison que je devienne son frère au moment de sa mort. Bien des années m'ont été nécessaires pour me révolter contre cette idée et trouver un moyen de faire un pas vers lui. Il m'aura fallu reconquérir le temps pour accepter notre filiation et admettre que nous nous sommes efforcés tous les deux de devenir des fils. Nous étions, lui comme moi, convaincus qu'aucune autre place n'était envisageable sur cette Terre. Nous avons épuisé l'ombre du père. Samir a maintenu l'illusion jusque dans des prières qui l'ont mené vers une destination sans espoir. Après bien des années, je me suis décidé à tenter de le sortir de ce tombeau qui n'en est pas un. Admettre avec modestie, qu'entre lui et moi, il n'y aurait jamais ni vainqueur ni vaincu. Entre nous, il n'y aura jamais eu qu'un père qui n'en fut pas un.

Pour écrire cette histoire, je n'ai pas voulu me tourner vers ma famille. Chercher du côté de leur vérité. Non seulement parce que cela fait plus de quinze ans que je n'ai plus aucun lien avec elle, mais surtout parce que je ne voulais pas m'exposer à une énième déception. J'ai donc d'abord pensé interroger la Croix Rouge pour connaître les conditions exactes de la mort de Samir. J'ai compilé et parcouru les quelques articles disponibles sur internet et qui font référence à son parcours. Des bribes d'informations qui m'éloignaient de Samir plus qu'autre chose. J'ai tenté également de lire les livres d'un ancien magistrat puis d'un journaliste spécialisé dans les réseaux islamistes. J'ai même essayé naïvement de contacter ce dernier sans savoir exactement ce que je souhaitais lui demander. J'ai fini par comprendre deux choses, la première, c'est que connaître le parcours de Samir ne m'apporterait rien, la deuxième, et la plus décisive, est que je ne voulais pas qu'une personne étrangère à notre histoire me parle de lui. Je voulais passer par mon propre langage pour me confronter à l'espace confiné de notre passé commun et, enfin, en sortir.

Tora Bora, décembre 2001

Un avion B-52 de l'armée américaine dessine un huit dans le ciel bleu et vide. En bas, des hommes se terrent dans des grottes. Cela me fait penser à la danse que font les abeilles pour communiquer à leurs congénères la position d'une source importante de nectar. La nature inspire les hommes. Je ne crois pas que l'inverse soit vrai.

Ce sont des tonnes de bombes qui se déversent sur les montagnes de l'Est Afghan, écrasent tout. Ceux d'en haut et ceux d'en bas ont un but commun : s'emparer des hauteurs.

Qui peut croire que le ciel et la terre sont là pour s'embraser ? Pour s'annuler ? Qui peut croire que cette destruction orchestrée viendra révéler qui nous sommes ?

Samir est pris dans une guerre qui ne le concerne pas. Hakim et les autres laveurs de cerveaux n'ont fait que recycler le désespoir et la perte de sens de jeunes paumés pour en faire des combattants, qui au bout du compte ne savent plus contre qui ils se battent. Contre eux-mêmes ? Contre leur famille ? Contre le monde occidental ? Contre les mécréants ? Contre une injustice vieille d'un siècle ou de deux jours ? Qui peut savoir, alors que les collines reçoivent le feu et la désolation ?

Je prie souvent pour que Samir n'ait tué personne. Je ne sais pas où vont ces prières que j'adresse dans la nuit, quand les cauchemars me tourmentent. Samir s'est révolté contre son histoire et je veux que cette révolte n'ait fait éclater que son cœur.

Il s'agit de savoir si l'innocence, à partir du moment où elle agit, ne peut s'empêcher de tuer, écrit Albert Camus dans *L'Homme révolté*.

Samir s'est révolté contre son père, mais cela n'a pas suffi. Il a eu le courage de dire non à l'homme qui a décidé de sa vie. Ce n'est pas rien. C'est se retourner contre le maître de son propre sang. Ce refus du pouvoir du père lui a coûté cher, puisqu'il a entraîné toute une série de renoncements, jusqu'à celui de vivre. Après s'être révolté, Samir n'a pas trouvé les bonnes personnes auxquelles s'identifier. Ses soi-disant frères lui ont fait croire qu'ils allaient le tirer de sa solitude, lui apporter des valeurs communes, une raison de vivre, ou plus exactement : une raison sacrée de ne pas vivre. Quand la souffrance individuelle rencontre la souffrance collective, c'est souvent cette dernière qui l'emporte.

Camus toujours, affirme que la révolte est impossible dans la religion. *Si, dans le monde sacré, on ne trouve pas le problème de la révolte, c'est qu'en vérité on n'y trouve aucune problématique réelle, toutes les réponses étant données en une fois.*

D'après ses frères, la mort lui ouvrait les portes du salut, des plaisirs, du pardon et de tout un tas de breloques, ainsi, il n'y a pas lieu de se révolter contre ceux qui vous poussent à tuer ou au suicide.

Je crois qu'il y avait de l'amour enfoui chez Samir, comme l'eau contenue dans les fissures et les pores des roches. Samir avait un cœur poreux, empoisonné par le mensonge de l'endoctrinement. Samir avait de l'amour, mais la vie ne lui a pas permis de trouver où le reporter. D'autres ont choisi pour lui.

Tora Bora signifie *poussière noire* en langue pachtoune. Mais en 2001, *Tora Bora* est synonyme de tombeau. Combien de siècles passeront avant que ces montagnes retrouvent leur nom ? Les derniers hommes en état de se battre sont repoussés vers les hauteurs du *Spinghar*, qui veut dire *la montagne blanche*, dans cette même langue qu'ils n'ont peut-être jamais entendue. Les combattants ont depuis longtemps réduit leur vocabulaire au strict minimum. Ils ne savent même pas nommer l'endroit où ils vont mourir.

Samir tente de fuir l'Afghanistan pour le Pakistan. Il fait partie des derniers insurgés. Peut-être a-t-il été tué par l'armée afghane. Peut-être est-il mort de froid, le visage pétrifié en un dernier masque.

Dans cette caverne qui fut son ultime demeure, a-t-il trouvé un corps contre lequel se blottir quand les bombes faisaient trembler la terre ? À qui a-t-il adressé ses dernières prières ? J'aimerais savoir quelles images sont venues à lui alors qu'il mourait, piégé dans les montagnes glaciales de Tora Bora.

Y a-t-il un infime espoir pour que le visage de Khadija, sa mère, lui soit apparu en dernier secours ? Suis-je en droit d'espérer que lui soit parvenue la comptine que sa mère chantait aux jumelles ? *Ya chta sabi sabi,* et que du ciel ne soit tombé que la pluie.

Entre le bois et l'écorce, ici et ailleurs

Entre le bois et l'écorce, c'est là où je vis la plupart du temps. L'écriture est ma forêt. L'écriture a remplacé le placard où enfant je me réfugiais pour échapper au petit monde violent de ma famille. Entre le bois et l'écorce est l'autre ventre qui m'a porté. Qui a porté le fœtus de mon imagination à son terme. C'est là où j'ai inventé mes premiers mots. Là où j'ai vécu avant de vivre. Les mots qu'on sauve de la violence restent premiers à jamais. Les premiers mots sont rarement les premiers à être prononcés. Les premiers mots ne sont pas les nôtres puisque ceux-là, tout le monde s'attend à ce qu'on les formule. Les premiers mots ne sont pas que souffle et salive, ils sont tout à la fois la question et la réponse à ce souffle et à cette salive. Ils viennent plus ou moins tardivement. Pour certains, ils ne viennent jamais. C'est pourquoi les livres existent. Qui ne s'est jamais arrêté sur une phrase en se disant : C'est exactement ce que j'ai dans la tête et que je ne savais pas encore dire.

J'ai vécu longtemps comme une larve blanche. Creusant des galeries dans la terre meuble de mon cerveau. L'imaginaire est une mine infinie. On ne s'attend à rien et pourtant tout arrive, pour peu que l'on soit patient. J'ai eu la chance de savoir attendre. Je m'en suis remis à quelques amis rencontrés sur des pages frappées par le génie.

Samir n'a pas eu cette chance. Pourquoi n'a-t-il pas rencontré un Ferhat, une Hatice, un Maxence, des bonnes sœurs, des amis de sang ou même éphémères ? Pourquoi n'a-t-il pas trouvé son placard ? Un lieu administré par la rêverie, assujetti à l'imaginaire. Pourquoi n'a-t-il pas croisé la route d'un Baron perché ? Pourquoi ne s'est-il pas glissé dans sa poche pour assister au spectacle du monde ? Pourquoi n'a-t-il pas épuisé trois chevaux dans le désert des Tartares ? Pourquoi n'a-t-il pas plutôt interrogé la poussière ? Que n'a-t-il emprunté la route d'Ithaque où tant d'autres naufragés rescapés auraient pu lui tendre la main et lui parler de destinée arbitraire ? Que n'a-t-il pu faire le tour du jour en 80 mondes ? Que n'a-t-il découvert que rêves et cauchemars doivent vivre ensemble ? Pourquoi ne s'est-il pas plutôt battu contre des moulins à vent ? Pourquoi n'a-t-il pas découvert que tous les dieux sont manchots et qu'il n'y a pas de meilleur jour pour mourir ? Pourquoi, à l'heure venue de partir vers son tombeau, n'a-t-il pas répliqué comme Bartleby : *Je préférerais ne pas* ? Savoir pourquoi il n'a pas, comme le saint que rencontre Zarathoustra, rendu grâce à son

Dieu *avec des chants, des pleurs, des rires et des murmures* ? Savoir pourquoi l'histoire de Samir ne s'est pas écrite comme la mienne entre le bois et l'écorce. Avec tous ces tessons de mots scellés sur mes dents pour empêcher la parole de faire le mur. Ces poèmes que je cousais avec maladresse sur les sièges en moleskine d'une micheline. Ces mots frères qui jamais ne s'affrontent, ou alors dans le seul but de conquérir une pensée. Pourquoi ces mots ne me laissent-ils pas tranquilles et passent leur temps à se mutiner dans ma tête ?

Nous avons porté le même nom. Et quand tu es mort, Samir, nous avons perdu le même sang. Je n'ai pas gardé les meilleurs souvenirs de toi. Enfant, je ne te considérais pas comme un membre de la famille mais comme une plaie ouverte. Aujourd'hui, je sais que toi aussi tu as été un enfant et que cet enfant méritait un autre sort que le gel de l'Afghanistan. Samir, tu es mort de froid dans les montagnes afghanes. Livré aux flammes par ceux qui t'ont appelé. Ceux qui t'ont convaincu que ta vie était plus violente que la mort. Elle n'était pas plus violente, elle était plus incertaine. Fêlée. Ta fin n'est pas tout ce que j'ai retenu de toi, mais elle me demande chaque jour de résister pour qu'elle n'entrave pas le cours de mes pensées, de mon histoire. Elle me demande chaque jour d'aller sauver ton souvenir des griffes de la folie. Tu n'existerais qu'en combattant aveugle si je n'opposais pas à tes choix des sources de lumière, si je n'allais pas y baigner ma parole. Il faut bien aider les jours à se relever.

Je pense souvent à toi. Tu me reviens comme me reviennent les anciennes blessures. Même si tu as davantage été un inconnu qu'un frère. Je pense à toi comme j'essaie de résoudre l'énigme d'un feu, le mouvement des vagues ou des arbres habités par le vent. Tu vis parfois dans ces heures d'intense fragilité.

Tu t'appelais Samir. Ton prénom signifie *compagnon de veillée*.

Remerciements

En écrivant ce livre, je n'ai cessé de penser à cette femme restée en Algérie. Elle a été si peu nommée dans ma famille que j'ai oublié son prénom. L'ai-je seulement déjà entendu ? Je ne sais plus. Qu'elle me pardonne de l'avoir appelée Khadija.

Je remercie Alix Penent pour la confiance qu'elle m'accorde depuis près de 10 ans. Je remercie Emma Saudin de m'avoir accompagné dans les séances de corrections et de relecture. Je mesure la chance d'être si bien entouré et d'être publié par la maison Flammarion.

Cet ouvrage a été mis en pages par

<pixellence>

CET OUVRAGE
A ÉTÉ ACHEVÉ D'IMPRIMER
SUR ROTO-PAGE
PAR L'IMPRIMERIE FLOCH
À MAYENNE EN DÉCEMBRE 2022

N° d'édition : 434726-0. N° d'impression : 101523
Dépôt légal : janvier 2023
Imprimé en France